명왕성
기  분

# 명왕성
# 기  분

박연희 지음

다람
DARAM BOOK

살짝 손잡았던 두근거림보다,

너 아니면 안 될 것 같았던 슬픔보다,

혼자라는 쓸쓸함과 외로움보다,

어느 날 무심히 마주한

닳고 닳은 일기장 속

오랫동안 잊고 있던 그곳의 너와 나,

그리고 그날의 못다 했던 말들이 떠오를 때,

그렇게 지금 내 마음은

명왕성 기분.

여기, 어떤 경우에도 허투루 살지 않은 내가 있다고,
여전히 너를 잊지 않은 내가 있다고,
여러 해가 지나도 그렇게 울고 웃고
너를 생각하는 내가 있을 거라고.

Part 1

괜찮다고
말해줄
목소리

괜찮다고 말해줄
목소리

온몸으로 겨울을
시리게 느끼는데,
눈으로는 아직도
가을의 흔적을 찾아.


곧 말라버릴
저 잎사귀들을 바라봐.
곧 짓밟혀서 부서져 버릴
바짝 마른 잎사귀들.

행여 신발에 붙기라도 하면
언제 그랬냐는 듯,
강아지가 오줌 털듯이
툴툴 털어버릴 테지.

좀 좋은 생각을
할 수도 있었을 텐데.
난 그렇게 진화하고 있지
않은 것 같아.

하지만 여전히 모든 일에는
이유가 있다고 굳게 믿어.

그래서 자연스레 물들어가고
자연스레 말라서 떨어지도록
그냥 자연스럽게 흘러가도록
내버려두는 중이야.

그래도,

괜찮다고

네 잘못이 아니라고

충분히 잘하고 있다고 말해줄,


잔잔하고도 곰살궂은 목소리 한 점은


꼭


있었으면 좋겠어.

---

**곰―살궂다[곰ː―굳따]**
「형용사」
「1」 태도나 성질이 부드럽고 친절하다.
「2」 꼼꼼하고 자세하다.

# 꼬마를 사랑한
# 소녀의 꿈

"뭐?"

"···."

"나랑 사귀고 싶다고?"

"그래."


커다란 배낭을 멘 소녀는

낯선 나라 낯선 도시 낯선 거리에서

꼬마에게 고백하고야 말았다.


꼬마는 한참을 침묵했다.

그 모습이 낯설게 보이기 시작할 무렵,

꼬마는 드디어 입을 열었다.

"그럼 하루에 얼마씩 돈을 내야 돼."


와. 정말?
그러면 꼬마와 같이 있을 수 있는 거야?


소녀는 기뻐하며 서둘러서 뒤를 돌았고,
꼬마는 소녀가 메고 있던 큰 배낭 안으로 들어갔다.


소녀는 꼬마가 있는
무겁고 커다란 배낭을 메고
낯선 거리를 씩씩하게 걸어갔다.
마치 새롭게 인생을 시작한 기분이었다.


소녀는 매일 무엇을 할지 고민했다.
꼬마에게 좋은 걸 보여주고 싶었고,
좋은 걸 먹여주고 싶었고,
좋은 걸 들려주고 싶었다.


하지만 생각하는 것들을 쉽게 찾을 수 없었다.

곧 길을 잃을 것만 같았고,

꼬마에게 아무것도 해주지 못했단 생각에 불안했다.

계속되는 지루함으로 꼬마가 죽어버릴까 봐

조바심이 났다.


소녀는 빠르게 걷기 시작했다.

그리고 곧 뛰기 시작했다.

미친 듯이 거리를 헤갈하였다.

그러다가 아는 사람들을 만났다.


"뭐하니?"

"…."

"등 뒤에 있는 게 뭐야?"


"아무것도 아니에요."


순간, 소녀는 후회했다.

꼬마를 들키고 싶지 않아서, 지키고 싶어서,

언제나 둘만 있고 싶어서 한 말이었지만

꼬마가 오해할 것 같았다.


폴짝.


꼬마가 배낭에서 내리는 소리가 들렸다.
소녀가 다급히 외쳤다.
안 돼. 꼬마야.
그런 게 아니야.


그러자 꼬마가 말했다.
"그럼 오늘은 여기까지."


소녀는 꼬마를 잡지 않았다.
지금 그가 어디로 가는지 알 것 같았다.
소녀의 꿈은 꼬마의 꿈과 닿아 있기도 하고
그렇지 않기도 했다.


꼬마는 자기의 꿈을 이루면 어른이 될까?

그렇게 되면,

꼬마를 배낭에 넣고 다니는 꿈을

다시는 꾸지 않아도 될까?

꼬마와 잠깐이나마 함께 있었다는 설렘에

온종일 아무것도 못 하게 되는 일은 더는 없게 될까?


소녀는 생각에 잠겼다.

---

**헤갈-하다**
「동사」
허둥지둥 헤매다.
「형용사」
흐트러져 너저분하다.

"뭐?"
"…."
"나랑 사귀고 싶다고?"
"그래."

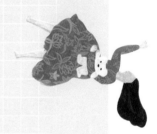

# 일 기 장

글씨를 쓸 줄 알게 되면서부터 일기를 썼다.
친정집 내 방에 모든 일기장을 보관 중인데,
다시 들춰볼 자신이 없어 결혼하면서도 챙기지 않았다.


어릴 땐 뭐 하고 놀았는지가
그날그날 기록되어 있고,
학교에 들어가면서는 공부에 대한 이야기가 잔뜩.
대학생 땐 좋아하던 아이 이야기,
또 사회생활을 하면서는 개똥철학으로 빼곡해진 내 일기장.


이제 펜을 쥐고 글을 쓰는 시대는 지났다지만,
난 아직 종이 일기장을 쓰려고 노력한다.

모든 일기장은 무언의 독자가 있다고 했던가.

나는 내 일기장을 엄마가

열심히 보셨을 거란 생각을 한다.

지금은 쓰지 않으시는 것 같지만

예전에 나도 엄마의 일기장을 몰래 본 적이 있다.


아빠의 간호를 위해 엄마가 병원에서 생활하셨을 때,

학교에서 돌아와 집에 혼자였던 나는

호기심에 엄마의 문갑을 열어보게 되었다.


그 곳에 엄마의 일기장이 있었다.


조심스럽게 펼쳐 든 일기장에는

엄마의 손글씨가 한땀한땀

수를 놓듯 적혀 있었고,

나도 그 결을 따라서 천천히 읽어 내려갔다.

엄마의 일기 중 지금까지도

기억에 남는 내용은 두 가지가 있다.

하나는 내가 어릴 때 인형을 사달라고 많이 졸랐다는 것.

무슨 인형이었는지는 일기를 읽으면서도

전혀 기억나지 않았다.

하지만 인형을 사달라고 떼쓰던 내 모습이

엄마에겐 큰 상처였던 모양이다.

여러 일로 바빠서 인형을 사러갈 시간조차 없던 엄마를

나는 거의 매일 졸랐던 것이다.


일기를 붙들고 한참을 울었다.

지금은 기억도 나지 않는 인형 때문에

엄마를 괴롭혔던 것 같아 미안해서 울었고,

일기를 읽던 순간에도 아빠를 고수련하느라 바쁜 엄마에게,

내가 여전히 무엇을 요구하고 있는 건 아닐까

저어하며 울었다.


다른 하나는 당시에 많이 아팠던 아빠가

말없이 엄마를 담쏙 껴안아주었다는 내용이다.

사랑한다, 미안하다, 고맙다,
말 한마디를 어려워했던 아빠가,
점점 앙상해지는 팔로 아내를
담쏙 안았을 모습을 떠올려봤다.

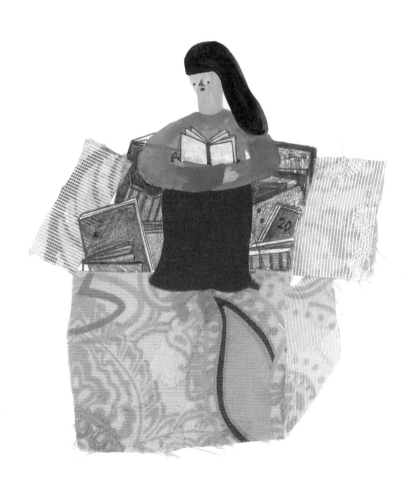

표현이 서툴렀던 아빠의 용기를 생각하니 마음이 아팠다.


아이 둘을 낳고 행복하게 잘 살던 어느 날
병원으로부터 청천벽력 같은 이야기를 들었을 두 사람.
그들의 다시 오지 못할 순간을 떠올려봤다.


자녀가 부모님이 서로 사랑한다는 것을 아는 건 축복이다.
비록 엄마 일기장을 훔쳐보고 나서야 알게 되었지만,
두 사람은 건강할 때나 아플 때나
서로 사랑했다는 걸 느낄 수 있었다.


혼인서약서에서 볼 수 있는 말처럼
죽음이 갈라놓을 때까지 정말로 사랑했던 것이다.


앞으로 일기에 쓰일 내용을 생각해본다.


내 미래의 일기장에도
가족에 대한 사랑과 걱정이 가득하게 될까?
내 일기의 무언의 독자가 될 나의 아이가

엄마가 아빠를 아주 많이 아꼈던 걸

아빠가 엄마를 아주 많이 사랑했던 걸 알 수 있을까?


일기장을 아이가 찾기 쉬운 곳에 잘 두어야겠다.

---

**고수련**

「명사」

앓는 사람의 시중을 들어 줌.

그들의
## 다시 오지 못할
순간을
떠올려 봤어.

# Mind the Gap

런던의 지하철(tube)이나 기차를 타고 내릴 때
반드시 들리는 방송이 있다.


"Mind the Gap"


열차와 승강장 사이의 틈에
발이나 물건이 빠지지 않게 조심하라는 말인데,
어떤 기사를 본 뒤부터
이 방송을 들을 때마다 가슴이 저릿하다.


기사의 내용은 이렇다.

한 할머니가 항상 역 안에 앉아 있었다.
여러 번 열차가 와도 타지도 않고
그저 앉아 있기만 했다.

사연이 궁금했던 사람들이 알아보니,
할머니는 'Mind the Gap'이라고 방송하는
그 목소리를 듣기 위해 앉아 있는 거였는데,

그 목소리의 주인공은
예전에 돌아가신 할머니의 남편이었다.

Embankment

할머니는 역에서
열차를 기다리고 있었지만
그것은 기차를 타기 위해서가 아니라
사랑했던 사람의 목소리를 듣기 위해서였다.

지금은 세상에 없는,
사별한 남편의 목소리 한마디를 들으려고,
할머니는 매일 그 역에서 열차를 기다렸다.

할머니에게 그 한마디의 말은,
마치 젊은 시절 사랑을 속삭였던 말
그리고 눈 감을 때 손잡고 했던
마지막 한마디의 말과도 같을 것이다.

그런데 최근 런던 교통국이
40년이나 된 그 안내방송을 새롭게 바꾸기로 하면서,
남편의 목소리를 더는 들을 수 없게 된다는 소식에
할머니는 절망할 수밖에 없었다.

하지만 이 사연을 들은 관계자들은
할머니가 자주 다니시는 Embankment역에서는
남편의 목소리로 녹음된 'Mind the Gap'을
계속 사용하기로 결정하였다.

더불어 집에서도 남편의 목소리를 들을 수 있게
음원을 CD로 만들어 할머니에게 제공하였다.
런던 교통국 직원들의 마음자리가 돋보이는 이야기다.

다행히도 할머니는
'Mind the Gap'을 할 필요가 없을 것 같다.

여러 사람들의 배려로,
돌아가신 남편과의 사이를 좁히지 않았는가!

---

**마음-자리[—짜—]**
「명사」 마음의 본바탕 = 심지(心地)

열차와 승강장 사이를
조심하거나,
우리 사이 멀어질까
두렵거나.

# 거 미 줄

너와 나 사이엔 아주 많은 줄이 있어.
그건 마치 거미줄과 같아서
누가 한 번 휙 훑고 지나가기만 해도
흔적도 없이 사라질 거야.

그래서 난
제발 그렇게는 지나가지 말라고
그 가느다랗고 데데한 가벼움을
그냥 보기만 해달라고 기도해.

내가 그렇게 힘들게 뽑아낸 투명한 한 가닥이
아무것도 아니라고 무시당하지 않게,

그토록 많은 생각과 고민의 시간이
남들과 같다고 오해받지 않게,

남들이 "웩! 이게 뭐야?!"라며
밟거나 뭉개어 버리지 않게,
적어도 "어? 이거 신기한데?"라며
한번은 눈길을 줄 수 있게,

난 오늘도 가장 예쁜 모양으로
가장 특이한 모양으로 우리 사이를 포장해.

이쪽이 할퀴어지면 어느새
저쪽을 깁고 있는 날 한번 봐달라고,
그 모습이 안쓰러워서라도
불쌍해서라도 봐달라고,

지금 생각의 거미줄이 뚝뚝
아프게 내게서 빠져나가고 있어.

하지만 우리 사이의 얽힌 거미줄이
징그럽다고 말하는 건 너고,
그 줄에 맺힌 맑고 깨끗한 물방울을
냉정히 걷어낸 것도 너고,

한쪽을 깁고 있는 나의 등 뒤에서 싸늘하게 웃으며,
바짝 말라버린 거미줄을 흔적도 없이 태워버릴
불씨를 준비한 것도 너인데,

난 여전히 널 알고 싶고,
널 상상하고,
널 동경해.

그리고 네가 바라는 내가 되지 못한 날
증오하고 원망해.

풀썩.
쓰러졌는데,
여전히 넌 날 외면하고 있구나.

그래도, 바보처럼

널 더 아껴준다고

널 더 사랑한다고 말을 하고 싶은데,

지금 내 입속엔 피 묻은 모래가 가득 씹혀서

아무 말도 할 수가 없어.


그래서 슬퍼.

---

**데데-하다**

「형용사」

변변하지 못하여 보잘것없다.

# 명 왕 성  기 분

어릴 때부터 자주 느끼는 어떤 기분이 있다.
한 마디로 표현할 수 없었던 이 기분에
나름대로 이름을 붙여주었다.

'명왕성 기분'

학원에 갔다가 집에 돌아가는 길이었다.
어둑한 밤이었는데, 문득 하늘을 바라보았다.
그러자 검고 짙은 색의 알 수 없는 큰 시선이
팔을 벌려 나를 안으려고 했다.

그 순간, 이렇게 큰 우주 이렇게 큰 공간 속에

나는 하나의 작은 점이 되어 있었다.


몹시 두려웠다.

난 너무 미약해서, 너무 작은 존재라서

어쩔 수 없이 저 팔에 안겨야 하는구나.

그가 저 위에서 날 안으려고 감싸면

어쩔 수 없이 안겨 있어야 하는구나.


나는 그때 분명히,

온전한 가족과 친구가 있어 사랑받는 아이였고,

손에든 학원 가방의 감촉이 생생할 만큼 깨어있었지만,

그 감당하기도 힘든 아득하고 차가운 손길이 나를 휘감아,

온몸이 선득댔다.


눈을 감았다.


그러자 나는 저 끝 가장자리의 명왕성이 되어 있었다.

눈을 떠 앞을 바라보면 모두가 저 멀리에 있고,

다시 뒤를 돌아보면 끝도 없는 어둠만이 가득할 것 같았다.

이 기분은 그 뒤로 명왕성 기분이 되었고,
서른이 넘은 지금도 가끔 불쑥 찾아온다.

그 사이 명왕성은 태양계 행성의 지위를 박탈당했다.
하지만 그 서늘하고 차가운 기분은
여전히 내 주위를 공전하고 있다.

성큼 다가와 버린 그를 알아채지 못하다,
문득 그 시선을 온몸으로 시리게 느끼게 되면,
옆에서 자는 남편의 냄새를 맡는다거나
엄마에게 문자를 보내고 답장을 기다린다.

내가 혼자가 아니라는 것을 확인하고 싶은 모양이다.

---

**선득**
「부사」
「1」갑자기 서늘한 느낌이 드는 모양.
「2」갑자기 놀라서 마음에 서늘한 느낌이 드는 모양.

# 그땐 이미
# 늦었다

나는 다섯 살이었다. 내가 살던 아파트 단지에는 뒷동산이
라 불리는 작은 언덕이 죽 이어져 있었다. 뒤로는 고속도로가
지나고 앞으로는 주차장이 있었던 그곳은 많은 동네 아이들
이 소꿉놀이나 숨바꼭질을 하는 곳이기도 했다. 크고 작은 바
위와 하늘이 보이지 않을 정도로 우거진 나무들과 알록달록
한 들풀이 감싸고 있었다.

거기서 한 아저씨를 만났다. 큰 바위 위에 혼자 앉아있는
나를 보고는 그가 손짓하며 같이 놀자고 했다. 그곳은 아파트
단지 안이었기 때문에 나는 그를 경계할 이유가 없다고 생각
했을 게다. 지금은 옆집 아저씨조차도 믿을 수 없게 된 세상

이지만 그때는 그렇지 않았다. 아파트 단지 안만 하더라도 아주 안전하다고 느껴지던 시절이었다.

몇 살이니, 뭐 하고 있었니.

여러 가지 질문에 대답하면서 조금 친해졌다고 생각이 들 무렵 그가 병원 놀이를 하자고 말했다. 의사와 간호사, 또는 의사와 환자로 역할을 정하고 아픈 척을 하고 치료하는 척을 하는 재미있는 놀이. 그런데 갑자기 그가 내 옷을 벗기려고 했다. 치료하려면 옷을 벗어야 한다는 꽤 그럴듯한 이유를 대며 몸에 손을 대려 했다.

그때, 아무리 어렸어도 이상한 기분이 들었던 건 천만다행이었다. 아저씨와 병원 놀이를 계속하면 엄마한테 혼날 것 같은 기분이 들었다. 그리고 더는 아저씨와 하는 병원 놀이가 재미있게 느껴지지도 않았다. 그의 손을 뿌리치며 '집에 갈래요.'라고 말하고 발걸음을 재촉했다.

그리고 집에 도착해서는 입을 굳게 닫아버렸다.

엄마한테 혼날지도 모르니까.

곧 여섯 살이 되었다. 아파트 다른 층에 사는 남자아이 집에 놀러 갔는데 다른 남자아이가 이미 놀러 와 있었다. 그때 난 아직 남자와 여자의 다른 점을 구분하지 못했다. 그런데 그 아이들은 여자아이의 몸에 호기심이 생겼던 것 같다. 두 아이가 방문을 걸어 잠그며 내 몸을 보여주지 않으면 함께 놀지 않을 거라며 화를 냈고,

나는 결국 압박감에
옷을 홀렁 벗고 몸을 보여주었다.

그 아이들은 결국 그날 나와 놀아주지 않았다. 닫힌 방문 뒤로 깔깔거리는 그 애들의 웃음소리가 들렸다. 그 후로 초등학교 생활은 지옥이 되었다. 같은 동네였기 때문에 모두 같은 학교에 다니게 되었고, 새 학년이 될 때마다 그들과 같은 반이 될까 봐 두려움에 떨었다. 반 배정이 끝나면, 저마다 친한 친구와 같은 반이 되어 좋아하거나 다른 반이 되었다고 실망하면서도 새 학년에 대한 설렘이 가득했다. 하지만 나에겐 오

로지 그 아이들이 몇 반이 되었는지가 관심사였고, 불행히도 그들과 같은 반이 되었다는 걸 알게 되었던 순간, 내 머릿속은 하얗게 되었다.

'그 일을 기억할까?'
'다른 아이들에게 말하면 어떡하지?'

이런 걱정으로 머리가 아팠다. 다행히도 같은 반이었던 시절, 그 아이들은 그 일을 입 밖에 내지 않았던 것 같다. 적어도 내 귀에 그런 소문은 들리지 않았다. 그래도 이런 두려움은 끈질기게 나를 괴롭혔고, 중학교에 진학할 때도, 고등학교에 갈 때도 계속되었다.

언젠가 엄마에게 물었던 적이 있다. '남자아이들 앞에서 함부로 옷을 벗으면 안 되고, 몸가짐을 어떻게 해야 하며, 자신의 몸을 어떻게 소중히 다뤄야 하는지' 왜 어릴 때 이야기해 주지 않았느냐고.

엄마는 말했다.

'학교에서 다 가르쳐주지 않아?'

엄마가 원망스럽기도 했고, 나 자신이 너무 싫었다. 하지만 그때의 일을 알리고 싶지 않았기 때문에 더는 어떤 말도 할 수 없었다. 학교에서 가르쳐줄 거라고 믿거나 직접 말하기 어렵다는 이유로, 부모들은 몇 가지 중요한 교육에 소극적인 경우가 있다. 하지만 학교에서 가르쳐줄 즈음엔 너무 늦을 수도 있다. 어린 시절 겪었지만, 무엇인지 몰랐던 것들이 사실은 일어나서는 안 되는 일이란 걸 알게 되는 건 꽤 큰 충격이다.

시간이 흘러서 성인이 된 뒤, 친구들이 서로 연애담을 털어놓을 때도 나에겐 다른 세상의 이야기였다. 고등학생 때부터 연애를 해봤다거나, 대학생 때에는 애인과의 스킨십 또는 잠자리에 대한 이야기를 꺼내는 친구들도 많았다. 사람들은 내가 연애를 못 해봤다는 것을 믿지 않거나 그 이유를 찾으려고 노력하다가 실패하곤 했다.

그러던 어느 날, 한 친구가 자랑을 하며 남자친구 사진을 보여줬다. 심장이 철렁했다. 어린 시절 그때 그 남자아이들 중 하나였다. 여섯 살에 있었던 일이고, 나는 이미 성인이었음에도 심장이 기분 나쁘게 두근두근하였다. 이어지는 친구의 이야기는 더 가관이었다. 둘이 잠자리를 같이했던 이야기였다.

그 순간,
나는 그만 깔깔깔 웃고 말았다.

이상하게도 그 이야기를 듣는데 웃음이 나왔다. 뭐랄까. 똑같이 몸을 보여줬는데, 왜 나만 이렇게 알 수 없는 죄책감에 오랜 시간을 괴로워했을까. 문득 바보 같다는 생각이 들었다. 여섯 살의 여자아이의 몸과 이십 대 여성의 몸. 당연히 이십 대 여성의 몸을 가진 사람이 더 괴로워해야 하는 것 아니야? 그런데 왜 이 친구는 벗은 몸을 보여준 것을 이렇게 사랑스럽고 자랑스럽게 이야기할 수 있고, 난 그때와는 전혀 다른 몸을 가지고 있는데도 여전히 수치심과 부끄러움에 괴로워해야 하는 거지.

또 그 남자아이들도

그땐 그저 여섯 살이었을 뿐이잖아!

그때부터였던 것 같다. 내 마음속 어지러웠던 모든 것이 간정된 듯했다. 사실은 별거 아니라고, 별일 아니었던 거라고 인정하게 되었다. 그리고 누구에게나 이 이야기를 할 수 있게되었다.

그런데 놀랍게도, 어린 시절에 비슷한 경험을 한 친구들이너무 많았다. 내가 먼저 이야기를 하면 다들 조심스럽게 이야기를 꺼냈다. 어떤 여자아이는 친척 오빠에게, 어떤 여자아이는 삼촌에게, 심지어 장난감 때문에 옆집 아저씨가 하자는 대로 했다는 남자아이도 있었다.

수치심과 부끄러움은, 시간이 흐르면 점점 작아지고 희미해질 수도 있다. 하지만 오랜 시간 고통스럽게 보낸 그 기억과 시간은 결코 되돌릴 수 없다. 그리고 오랜 시간이 지나도아물지 않는 깊은 상처도 있다. 아무리 어려도 가르칠 것은빨리 가르쳐야 한다는 생각이 든다. 그런 건 유치원이나 학교에 들어가면 다 가르칠 거라는 부모들을 가끔 보게 되는데, 정말 호되게 한 마디 해주고 싶다.

그땐 너무 늦는다고!

---

**간정**

「명사」

소란스럽던 일이나 앓던 병 따위가 가라앉아 진정됨.

잊고 싶던 기억,
누구에게도 말하지 못했던 기억이
어김없이 떠올랐지만,
오늘은 왜 이렇게 웃음만 나는지,
하하 크게 소리 내 웃고 있어.

# 백 조 야   미 안 해

서울에 한강이 있다면 런던엔 템스가 있다.
런던 시내나 근교에서 유유자적 헤엄치는
대부분의 오리나 백조들은 여왕의 소유이다.

뭐 굳이 여왕의 소유가 아니라고 하더라도
시민들과 함께 더불어 살아가는 동물들이니
함부로 건드려서는 안 될 것이다.

그런데 최근, 여왕의 거주지인 윈저(Windsor) 성 근처에서
누군가 구워 먹은 것으로 추정되는,
뼈만 남은 백조의 사체가 발견되어
많은 사람들이 경악하였다.

여기서 흥미로운 점을 발견하게 되었는데,
이 사건을 바라보는 영국인들의 시각이
나와는 조금 다르다는 것이다.

내가 사람의 시각에서
'어떻게 백조를 구워 먹을 생각을 했을까?'
라고 생각할 때,
많은 영국인들은 이 사건을
백조의 시각에서 바라보고 있었다.

이미 인간과 곰삭은 사이가 된 백조가
자기를 잡아먹을 거라는 생각은 하지 못한 채
먹이를 주는 줄로 착각하고 범인에게 다가갔을 텐데,
그 생각을 하면 치가 떨린다는 것이었다.

실제로 공원에 사는 청설모, 백조, 오리 등
이곳 동물들은 관광객이 주는 먹이에 익숙해져 있다.
청설모의 경우 손만 내밀어도 그 손을 타고
사람의 어깨 위로 올라오기도 한다.

또 강가에 사는 사람들이 빵이나 과자를 가져와
(먹이를 주지 말라는 안내문이 붙어있어도)
백조나 오리들에게 주면서 시간을 보내는 걸
흔히 볼 수 있다.

타다 남은 백조.

많은 사람들은 배고픈 거지가 그런 것으로 추정했는데
확실한 증거가 있었다기보다는,

그렇게 생각해야 그나마

덜 끔찍하다는 생각이 들었기 때문이었다.


동물 학대보다는

차라리 배고픈 사람의 최후의 결정이었기를

사람들은 간절히 바랐다.


처벌받을 것을 알면서도 여왕의 소유에 손을 대야 할 만큼

말 못하고 죄 없는 하얀 백조를

불에 구워야 할 만큼

그 범인이 처절하게 배가 고팠던 것이었기를!

---

**곰삭다**

「동사」

두 사람의 사이가 스스럼없이 가까워지다.

입장을 바꿔서
생각해봐.
더 심해.

# 감 자 전

감자를 씻는다.

알맞은 크기로 잘라 잠시 물에 담가놓는다.

텁텁한 맛을 주는 녹말기를 빼기 위해서다.

그렇게 준비된 감자를 강판이나 믹서로 간다.

양파를 함께 갈아 넣어도 좋다.

소금과 후추를 조금 넣는다.

그리고 프라이팬에 넉넉히 기름을 두르고

노릇노릇하게 굽는다.


감자전은 추억의 음식이다.

어릴 때 많이 먹었던 것도 아닌데

추억의 음식이 된 이유는,

암으로 돌아가신 아빠 때문이다.
영국은 감자의 종류가 매우 다양하고 흔해
집에서 감자요리를 자주 해먹는데,
특히 감자전을 할 때마다 아빠 생각이 많이 난다.

아빠가 암에 걸렸다는 걸 알게 되었을 때,
엄마는 병원 치료와 함께
나름대로 여러 방법을 다 시도해보셨다.

미국에 가면 고칠 수도 있다는 말을 듣고
미국에 갈 준비를 하기도 하셨고,
손으로 온몸을 열심히 마사지하면
항암 치료 중에 덜 아프다는 얘기를 듣고는
마사지하는 사람들을 부르기도 했다.

더불어 감자전을 먹으면
암에 대한 고통이 덜하다는 얘기를 듣고는
끼니마다 아빠에게 감자전을 해드렸다.

'소금도 안 넣은 심심한 감자전만 해주지 말고
맛있는 걸 잔뜩 해줄 걸 그랬나 봐.'

엄마는 가끔 이런 말씀을 하신다.

그래도 그땐 아프다는 사람이 먹고 싶어 하는 걸
모질게 못 먹게 할 만큼 간절했다.
누가 그렇게 해서 낫는다거나 덜 아프다고 하면
몸에 좋다고 하면 그렇게 했다, 그래야만 했다.

아버지가 안 계신 남편도
예전에 아버지와 먹었던 음식 이야기를 자주 한다.
버터에 비빈 밥이나, 게살이 잔뜩 들어간
빵을 먹으며, 아버지 이야기를 꺼낸다.
나도 감자전을 할 때마다 우리 아빠 이야길 한다.

감자를 씻으면서 엄마가 느꼈을 공포를 떠올린다.
감자를 갈면서 아빠가 느꼈을 미안함을 떠올린다.

감자를 부치면서 떠나는 것과 남겨지는 것에 대해
아무것도 몰랐던 어린 나를 떠올린다.


버터에 비빈 밥 위에 감자전을 올리면?


우리들의 아버지 이야기가 끊이지 않는
저녁이 완성된다.
서로 만나보지 못한
두 어른이 우리의 입을 통해 만나는,
맛바른 저녁이 완성된다.

---

맛-바르다[맏빠~][-발라,-바르니]
「형용사」
맛있게 먹던 음식이 이내 없어져 양에 차지 않는 감이 있다.

맛있는 걸
잔뜩
해줄 걸 그랬나 봐…

Part 2

가지 않은
여행

# 가지 않은 여행

나는 가지 않은 여행을
발맘발맘 추억하고 있다.
가지도 않은 그곳에서
난 행복하지만 불안하다.


남들과 같은 고민은 하지 못한 채,
남들과 다른 고민에 눈을 감은 채,
우리가 속하지 않은 다른 차원으로
무거운 한걸음 내디딘 너와 나.

'지금 네가 내 앞에 있어도 있는 것 같지 않고

내 눈에 보이는 저 건물들도 정말 저기에 있는 걸까.

모든 게 변하고 있고 나는 그게 두려워.

난 그저 이 세상에 내던져졌을 뿐인 것 같아.'


너의 고백.


우리가 가지 않았던 길.

우리가 가지 않았던 여행.

그리고 어디에도 속하지 못했던,

그 날의 내던져진 우리.

---

**발맘–발맘**
「부사」
「1」한 발씩 또는 한 걸음씩 길이나 거리를 가늠하며 걷는 모양.
「2」자국을 살펴 가며 천천히 따라가는 모양.

**발맘발맘–하다**
「동사」
「1」한 발씩 또는 한 걸음씩 길이나 거리를 가늠하며 걷다.
「2」자국을 살펴 가며 천천히 따라가다.

# 바 뀐  번 호

그 숫자의 조합을 기억하는 게 신기했어요.
몇 번을 망설이다 '통화' 버튼을 누릅니다.


받으려나, 그냥 끊을까, 고민하는 동안엔
손가락은 '통화 종료' 버튼 위에서 대기하고,
기다리는 그 짧은 찰나의 시간에도
기억은 그 날의 내 모습으로 돌아갑니다.


그가 받았습니다.
- 여보세요.
"…"
- 여보세요.

뭐라고 할까.

잘 지냈냐고 물어볼까.

밝은 목소리가 좋을까.


"나야…"


겨우 내쉰 한숨이었는지,

내 목소리였는지 모릅니다.

그러자 그가 말했습니다.


– 응 알아.

아 그러네요. 깜박 잊었네요.

요즘 전화는 알고 받는다는 걸 잊었어요.


오래전 우리 둘만이 알던 이유가,

우리 둘만 알고 있던 이야기들이,

무심히도 바뀌어 간다는 걸 잊었어요.


지나고 나면 그냥 지난 것일 뿐인데,

지나고 나면 그냥 조금 잊었을 뿐인데,

하나 둘 시나브로 변해가네요.


"미안합니다…

제가 잘못 걸었어요."


띠릭.

---

**시나브로**

「부사」

모르는 사이에 조금씩 조금씩.

# 공 감 받 지  못 한
# 이 야 기

유난히 무덥던 여름날,
한 대기업에서 대학생 방학 캠프를 주최한다고 했다.
좋은 추억이 될 것 같아 나는 덜컥 혼자 신청서를 냈고,
며칠 뒤 아는 사람 하나 없이 그렇게 강원도로 떠났다.

전국 각지에서 대학생들이 모였고,
정해진 인원별로 한 조를 이루어 한방을 쓰고
주최 측에서 준비한 다양한 프로그램을 함께 체험하였다.

조별로 장기자랑도 하고 토론도 하며 시간을 보내다 보니
서먹하던 기운은 사라지고 모두 꽤 친해진 듯했다.

하루 이틀 즈음 지났을 때,

눈에 띄는 남자아이가 있었다.

시선이 자꾸 그 아이에게 갔고,

사람들 가운데서도 내 눈은 자꾸 그를 찾고 있었다.

태어나서 처음 느끼는 감정이었다.


그 아이를 알게 된 후부터,

밥을 먹지 않아도 배가 고프지 않았다.

잠을 자지 않아도 졸리지 않았다.

캠프가 끝나가는 게 너무 아쉬웠고,

다른 사람들과 이야기하고 있는 그 아이 모습만 봐도

불같은 질투가 났다.


사실 그 아이는 주최 측 사람이었고

캠프가 끝날 때까지 강원도에 머물러야 했다.

나는 캠프의 1기 학생이었기 때문에

이후에 오는 2기, 3기의 어떤 예쁜 아이가

그에게 말을 걸게 될지,

어떤 똑똑한 학생이 그의 눈에 띠게 될지
알 수 없어 불안했다.

심지어 난 엄마에게 전화를 걸어 하소연했다.
"엄마, 어떻게 해. 2기, 3기 학생들이 오면
나의 존재는 아마 다 잊어버릴 거야!"
엄마는 괜찮을 거라 말했다.
첫정이라는 게 있으니, 1기 학생들을
쉽게 잊지는 않을 거라 말했다.

일정이 끝나고 서울에 도착하고 나서도
어떻게 시간을 보냈는지 기억나지 않았다.
혼자 슬퍼하고, 멍하니 산책하기도 했고,
보이지도 않는 불분명한 대상을 향해 화를 내기도 했다.

3기까지의 모든 캠프 일정이 끝나는 날,
드디어 그 아이와 연락이 닿았다.
그는 나와 가까운 동네에 살고 있었다.

그 후 우린 가까워졌고 자주 만나게 되었다.
같은 음악을 듣고 같은 책을 읽었으며
많은 이야기를 나누고 몇 달의 시간을 함께 보냈다.


그러나 여름에 만나 함께 가을을 보내고
겨울을 지낼 무렵이 되었어도,
여전히 서로에게 여자친구나 남자친구는 아니었다.
다만 우리는 철저하게
'여자인 친구'와 '남자인 친구'가 되어 있었다.


언제부터인지 기억나진 않지만
난 그가 거짓말을 하고 있다는 걸 알아챘었다.
알면서도 언젠가는, 조금만 더 참고 기다리면
나를 봐줄지도 모른다고 생각했었다.


사실, 그는 남자를 좋아하는 남자였다.
나는 불행히도 여자였다.


벌써 햇수로 15년 전의 이야기다.

10년 정도가 지나면 기억이 흐릿해질 줄 알았는데,

아직 너무 생생하다.

나는 그에게 온새미로 다가갔는데,

그는 그렇지 않았다는, 그렇지 못했다는,

아니 그럴 수 없었다는 기억은 해가 갈수록 더 또렷해진다.


그가 반복된 거짓말을 하면서까지

나와 알고 지냈던 이유가 무엇인지는 여전히 알 수 없다.

다만 처음으로 누군가에게 그렇게 설레었고,

밥도 먹지 않고 잠도 자지 않으며 생각했고,

모든 게 거짓이었지만 거짓 그대로를 받아들일 만큼 아꼈다.


하지만 내 이야기를 알게 된 사람들의 반응은

내 기대와는 달랐다.

슬픔을 반으로 나누려 하면,

그들에게는 즐거운 이야깃거리가 되었다.


마치 신기하고 재미있는 모험이나

특이한 존재를 만났던 이야기를 듣는 어린애처럼

눈을 반짝이며 들었다.

영화나 드라마에서 우스꽝스럽게 묘사된

그들에 대한 이야기를 나에게 들려주며 웃기도 하였다.


그들에게 기회가 되면 다시 말해주고 싶다.


이 이야기는 처음 느낀 두근거림,

함께한 기쁨과 슬픔, 또 무관심과 질투,

수많은 거짓말을 해야 했던 그와

여자가 아닌 남자가 되고 싶었던 그 날의 나,

그리고 결국 정의하지 못하고 끝나버린

내 소중한 인연에 대한 이야기다.


어쩌면, 공감받지 못할 슬픔은

혼자만 앓는 것이 훨씬 나을지도 모르겠다.

---

\* 온-새미[온ː—]

「명사」(흔히 '온새미로' 꼴로 쓰여) 가르거나 쪼개지 아니한 생긴 그대로의 상태.

공감받지 못할 슬픔은,
혼자만
앓는 것이 훨씬 낫다.

# 엄 마 의   고 향

엄마는 충청북도 사람이다.
젊을 때 이사 와 서울에 산 시간이 훨씬 더 길다고 하지만,
그래도 충청도 사람이다.

충청도에 살아본 적이 없는 내가
그 지역 사람들이 어떻다고 단정해 말할 순 없지만,
엄마를 보면 충청도 사람에 대한 속설은
속설이 아닌 것도 같다.

엄마가 원래 자늑자늑한 사람이라 그런 것인지
충청도가 고향이기 때문인지,

엄마는 말씀을 참 천천히 한다.

또, 대명사를 많이 사용한다.


예를 들어, 엄마는 친척들과 대화를 할 때 이렇게 말한다.

'그때 거기 가서 이걸 했더니 그렇게 된 거였어.'

그런데도 신기하게 서로 다 알아듣는다.

나는 그럴 때면 답답해서 '뭐라고?'하며 다시 묻는다.

심지어 '지금 한 말을 메모지에 적어봐.

본인이 뭐라고 이야기했나.'라고

붙들고 늘어질 때도 있다.


엄마에게 고향 이야기를 가끔 들을 때가 있는데

가장 흥미로웠던 것은 통행금지에 대한 것이었다.


우리나라에 통금이라는 것이 존재하던 시절,

충청북도에는 통금이 없었다고 한다.

바다와 맞닿은 부분이 없어서

간첩이 들어오기 힘들기 때문이라는데,

그래서 그 시절 엄마는

가까운 충청남도 지역에서 놀다가도

통금시간을 알리는 소리가 들리면,

친구들과 함께 충청북도를 향해 들입다 뛰었다고 한다.


늦은 밤, 멋지게 차려입고

통금을 피해 뛰어다니는 엄마를 상상하면 웃음이 난다.


그런데 나이를 먹을수록

엄마를 빼쏜 나를 문득문득 발견하게 된다.

정확한 설명을 하기보다, 자꾸 '그것' 좀 갖다 달라거나

'거기'에서 만나자고 말하는 게 편해진다.

원래 딱따구리처럼 말하는 사람은 아니지만

확실히 말도 느려진 것 같다.

나이가 들수록 딸이 엄마를 닮아가는 건 당연하겠지만,
엄마가 충청도 사람이라고 그 말투까지 닮는 걸까?
그러다 보니 그렇게 싫었던 그 '느림'이
이제는 '신중함'으로 보이기까지 한다.

어릴 적 우리 남매가 외갓집에 놀러 가면
외할아버지는 자주 회를 사주시거나
아예 낚시를 하러 우릴 데려갈 때가 많았다.
이 역시 그가 충청북도 사람이기 때문이겠지.

한번은 외할아버지 외할머니와 함께
먼 곳까지 바다로 낚시를 간 적이 있었다.
그때 외할아버지가 잡은 생선을 먹다가
가시가 목에 걸려 엉엉 울었는데,
외할머니가 오이를 먹으면 괜찮아진다며
나를 달래던 기억이 생생하다.

지금 생각해보면, 그들이 평생을 충청북도에 살면서
쉽게 먹을 수 없었던 그 싱싱한 회를 먹이는 것이야말로
그들이 생각한 최고의 손주 사랑이었을 것이다.


언젠가 다시 한국에서 살게 되면
충청북도에 살아보고 싶다.


서울, 경상, 전라도가 비슷한 거리에 있어
어디로든 움직이기 좋고,
바다가 없으니 간첩을 만날 일도 없고(!),
나에게도 수많은 추억을 선물해준,
그리고 엄마의 고향인 그곳에서
느럭느럭하게 살아보고 싶다.


**느럭느럭**
「부사」
말이나 행동이 퍽 느린 모양.

그녀는 고등학생이 되어
처음 바다를 보았다고 했다.
태어나서 처음 보는
넓고 푸른 바다는
사춘기 소녀에게
어떤 느낌을 주었을까.

# 한 남 자

무작정 지하철에 올라탔다.

손에는 집에 들어가지 않을 요량으로 챙겨온 짐이 가득했다.


스무 살.

갑자기 닥쳐온 시련에 괴로웠고,

그 누구도 그 어떤 말도 위로가 되지 않았다.

내 아픔을 대신 해줄 사람은 당연히 없었다.

화가 났다. 세상에 혼자인 것만 같았다.


얼마나 시간이 지났을까.

화났던 마음이 가라앉자, 몸이 조금씩 아파왔다.

두 손에 가득한 짐들도 거치적대고,

높은 구두를 신고 온 것이 후회됐다.

어른인 척 잔뜩 꾸민 모양새였지만,

자꾸 어린 마음만 올라왔다.


눈길이 자꾸 앉는 자리로 향했다.

꽉 찬 자리에 앉아있는 사람들 가운데,

누가 봐도 건장해 보이는 남자들에게 먼저 시선이 가고,

이유 없이 그들의 떡 벌어진 어깨가 꼴 보기 싫었다.


그렇다고 내가 아프니

자리 좀 양보해달란 말할 용기도 없었다.

버틸 수 있을 때까지 버텨보기로 했다.

손잡이를 꽉 잡고 덜컹덜컹 진동에 몸을 맡겼다.

눈을 살짝 감았다.

다리는 제멋대로 흔들거렸다.


갑자기, 누군가 가볍게 흔들어 깨웠다.

순간 비어있는 자리 하나가 눈에 딱 들어왔다.

허겁지겁 자리에 앉았다.

앉아서 한숨을 고르자, 정신이 조금 들었다.

누굴까?

그제야 자릴 양보한 사람이 궁금해졌다.
이렇게 많은 사람들 중에 나의 아픔을 거니챈 사람,
그리고 그 아픔을 아는 체해준 사람.

여자는 조심스럽게 올려다보았다.
그리고 그를 발견하고는 숨이 멎을 것 같았다.

그는 장애가 있었다.
누가 보기에도 몸이 불편해 보였다.
심지어 덜컹거리는 열차에서 서 있기도 힘겨워 보였다.
누구보다 힘겨운 생의 짐을 지고 가는 그가,
누구보다 먼저 남의 아픔을 돌아본 것이다.

갑자기 눈물이 쏟아졌다.
아이처럼 소리 내어 울었다.

고맙고 미안했다.

그보다 더 부끄러웠다.

내 작은 짐을 무거워했던,

내 투정이, 내 생각이, 어린 마음이 부끄러웠다.


오늘 한 남자로 인해

여자는 조금 더 성장했다.

**거니-채다**

「동사」

어떤 일의 상황이나 분위기를 짐작하여 눈치를 채다.

내 아픔을
먼저 알아챈 사람.

많 은   방 과
마 늘   빵

나는 일주일에 한두 번, 영국에서 한국어를 가르친다.


내가 가르치고 있는 학생은 모스크바에서 태어나

어릴 때 시드니로 이민을 했다.

러시아어와 영어에 능통하고,

학교를 유럽 곳곳에서 다닌 경험 덕분에

불어, 이탈리아어, 스페인어, 그리스어까지도 유창하다.


언어에 대한 욕심만큼은 드레드레한 그가

어른이 되어 런던에 정착해 살게 되었는데

일본어도 중국어도 아닌, 한국어 배우기에 몰두하고 있다.

그의 한국어 실력은

'많은 방이 있다.'

'마늘 빵이 있다.'

이 두 문장을 듣고 구분하지는 못하지만,

(한국인에게도 어려울지도 모른다!)

한국인 관광객이 더듬더듬한 영어로 길을 물어볼 때

한국어로 길을 설명할 수 있을 만큼의 수준이다.


이런 속설을 들은 적이 있다.

서양인이 동양에 관심을 두기 시작할 때

맨 처음 알게 된 동양의 나라에

끝까지 꽂히는 경향이 있다는 것이다.

처음에 일본인을 만나면 계속 일본인을 만나게 되지

중간에 중국 또는 한국인에게

관심이 생기진 않는다는 말이다.

개인적으로는 그저 속설이라고 생각하지만

가끔은 맞을 때도 있겠구나 싶은데, 이 친구의 경우가 그렇다.


그는 시드니에 살 때 많은 한국인을 보며 자랐고

자연스레 한식, 한국사람, 한국어에 관심이 생겼다고 한다.
그 후로도 동양의 다른 나라는 별로 관심이 안 생기는데
이상하게 한국과는 어떤 끈이 생긴 것 같아
한국어 배우기를 멈출 수 없단다.

런던에서 우연히 만난 내가
사실은 한국에서 한국어에 대한 책을 쓴 적이 있고,
또 바른 한국말을 소개하는 방송 프로그램의
작가이기도 하다는 것은 그에겐 놀라운 일이었다.
반대로 나는 바다 건너 날아온 이 먼 곳에서
한국어에 열정을 가진 젊은이를 만났다는 것이 놀라웠다.

그는 한국어의 존댓말을 배우는 것은
완전히 다른 언어를 배우는 것과 같다고 했다.
단순히 '-시'만 붙여서 될 일이 아니라는 거다.
'먹다/드시다', '자다/주무시다'처럼
전혀 다른 낱말들을 새로 배워야 하기 때문에
두 가지 언어를 구사하는 것과 같다고 했다.
그렇게 생각하니 그럴 것도 같다.

런던에는 내가 알고 있는 〈한국어 배우기 모임〉만 여럿이다.

모두 다 참석해보고 사람들과 이야기를 나누어보니,

어린 친구들은 한국의 음악이나 춤, 드라마 덕분에

한국어를 배우기 시작한 경우가 많았고,

이삼십 대는 보통 한국인과 교제가 있었던 경험 덕분에

그 뒤에도 계속 한국어를 배우고 있었다.

또 오십 대, 심지어 칠십 대도 있었는데

그들은 젊었을 때 한국에서 살았던 경험이 있거나

이미 한국인과 결혼해서 사는 사람들로,

나도 모르는 한국의 옛날이야기를

유창한 한국어로 들려줄 수 있을 정도였다.


나보다 최신 한국 드라마 이야기를 더 잘 알고,

나보다 한국 남자와 여자에 대해서 더 잘 이해하고,

나보다 한국 가요의 가사를 더 잘 외우는 그들이

가끔 놀랍기도 하다.


어느 날, 트라팔가르 광장(Trafalgar Square)에서

한국인 친구와 수다를 떨고 있었다.

우리의 대화를 듣고 있던 한 외국인이

'혹시 한국인이냐'고 물었다.  어떻게 알았냐고 물었더니,

생김새도 스타일도 아닌 '언어'를 듣고 알았다고 했다.


외국에 살며 우리 문화만 고수하는 건 어불성설이다.

하지만 한국에서 왔다고 소개할 때

북한, 재벌, '강남 스타일'뿐만 아니라,

우리의 말과 음식과 문화를 이야기하는

외국인들이 늘어나는 건 정말 설레고 뿌듯한 일이다.

---

**드레-드레**

「부사」

「1」물건이 많이 매달려 있거나 늘어져 있는 모양.

「2」욕심이나 심술 따위가 많은 모양.


**드레드레-하다**

「형용사」

「1」물건이 많이 매달려 있거나 늘어져 있다.

「2」욕심이나 심술 따위가 많다.

그 호텔엔
마늘 빵이 있어.

# 그 녀 의   선 택

베리 베렌슨(Berry Berenson)

이라는 여자가 있다.

그녀의 남편은 히치콕 감독의 영화

'사이코(psycho)'의 남자 주인공

앤서니 퍼킨스다.

그녀는 사진작가지만,

영화배우인 남편보다 유명하지는 않았다.


베렌슨은 1973년에 퍼킨스와 결혼을 하고

1992년 9월 12일에

퍼킨스가 사망할 때까지 함께 했다.

퍼킨스의 사망원인은 AIDS 합병증이었다.

퍼킨슨이 동성애자였는지 아니면 양성애자였는지는
의견이 분분하지만, 여러 가지 밝혀진 바에 따르면
이성에게만 사랑을 느끼는 사람은 아니었다고 한다.

베렌슨에 대해서 알게 된 이후,
그녀에 대해서 궁금해졌다.
무엇보다, 평생을 함께한 남편에 대해서
그녀가 마음속에 품었을 그 무엇인가가 궁금했다.

어떤 감정이었을까?

사랑? 연민? 우정?

평생을 함께하는 사람이 사실 동성애자라면,
그와 함께하는 많은 시간들이
어떤 느낌 어떤 의미로 다가왔을까?
서로의 마음을 잘 살피고 그느르며 살 수 있을까?

세상엔 정말 다양한 사랑이 있다.

누구나 사랑할 권리도 있다.

사랑에 빠지고 또 이별하고,

동성에 대한 사랑도

특별할 게 없을 것이다.


하지만 내가 사랑하는,

아니 사랑하고 있다고 믿는 남자가

내 손을 잡지 않는 것.

그가 동성의 친구들과 어울리는 것을 보면서

마음을 다쳐야 하는 것.

내가 모른 척만 하면 그와 평생을 함께할 수

있을지도 모른다고 착각하는 순간들은

분명 이십 대의 사랑에 빠진 젊은 여성에게는

흔하지 않은 경험이다.


나라면 베렌슨과 같은 결정을 하지는 못했을 것이다,

아니 안 했을 것이다.

내가 다시 스무 살 무렵으로 돌아가서

같은 고민을 한다고 해도

나는 여전히 똑같은 결정을 하겠지.

그녀도 아마 그녀의 선택에 변함이 없을 것 같다.


내가 그를 놓아버린 것도,

그녀가 평생을 그의 아내로 살았던 것도

우리에겐 최선의 선택이었을지 모른다.


베렌슨은 남편의 사망 9주년이 되던 해

기일의 하루 전날,

다른 지역에서 휴가를 즐기다가

기일에 맞추어 집으로 돌아가려고 비행기에 올라탔다.


그 비행기는 American Airlines Flight 11이었고,

그녀는 2001년 9월 11일 생을 마감했다.

---

**그느르다**

「동사」

돌보고 보살펴 주다.

아마도
사랑이었을까?

# 너 의   숨 소 리

숨소리가 들린다.
자신을 연주하는 당신의 숨소리.
그 소리가 가까이 들려오는 섬뜩함.


나의 시선으로 자신을 괴롭히고
너의 시간에 나를 내버려두었던,


난 감히 말할 수 없었고
넌 충분히 알 수 있었을,


너에게 듣고 싶었던 거짓과
내가 알고 싶지 않았던 진실.

아무도 듣지 않고

아무도 보지 않고

아무도 말하지 않는

아무도 모르는 이야기.


이제는 시들부들하다고,

이제는 시들부들하다고,

조용히 밀어내는 너의 숨소리.


그렇게 너에게 난

까만 방안에 숨 쉬는 점하나.


---

**시들–부들**
「부사」
「1」약간 시들어 생기가 없고 부드러운 모양.
「2」새로운 맛이나 생기가 없어 시들한 모양.

**시들부들–하다**
「형용사」
「1」약간 시들어 생기가 없고 부드럽다.
「2」새로운 맛이나 생기가 없어 시들하다.

# 생 명 의   은 인

어쩌다가 술을 마시게 되었는지 모르겠다.

또 어쩌다가 술을 끊지 못하게 되었는지 모르겠다.

술은 싫어해도 술자리가 좋다는 사람들이 있고,

술자리와 상관없이 술 자체가 좋다는 사람들도 있는데

나는 어느 쪽인지도 모르겠다.

다행인지(?) 혼자 마신 적은 한 번도 없는데,

차라리 혼자 살짝 마셔 버릇했다면

술버릇이 고약해지는 걸 막을 수 있지 않았나 싶다.


나는 한번 마시기 시작하면 멈추지 않는다.

정신이 나갈 때까지, 내가 술을 마시는 것이 아니라

술이 나를 마실 때까지 계속 붓는다.

게다가 밥을 먹고 술을 마시기보단

빈속에 마시는 걸 더 즐기고, 안주는 전혀 입에 대지 않는다.

위에 음식이 있으면 다음 날 게워낼 때 괴롭기도 하고,

어차피 술은 취하려고 마시는 것,

천천히 취할 필요가 있나 싶어 그러는 것도 있다.


그러다 보니 특히 이성과 술자리를 하면 오해받기 쉬웠다.

'이 여자, 나랑 더 오래 있고 싶은가?'

착각할 터이니 말이다.

함께 마시던 사람들이, 술에 취해 엉너리를 부리는 나를

버려두고 사라지면 차라리 낫다.

귀소본능에 따라 집에 가기 때문이다.

그런데 정신이 오락가락하는 나를 챙겨준답시고

끝까지 붙어있다 보면 서로 피곤해졌다.


나는 사실 주변에 좋은 사람들이 많아

취한 나를 두고 가버린 사람은 거의(!) 없었다.

그러다 보니 챙겨주려고 했던 사람일수록

나와의 관계가 더 피곤해졌다.

몸을 제대로 가누지 못하고 가리사니가 없는 사람과
무슨 이야기를 나누겠는가.

최악이다.

대부분 사람들은 누군가 취해서 엉너리를 떨면
그 모습이 그 사람의 모든 것이라 단정 짓곤 한다.
그리고 그 길로 취한 사람들은 삶에 진지하지 못한 사람,
겉과 속이 다른 이상한 사람이 되어버린다.
특히 상대방이 애주가가 아닐 경우엔 더욱 그렇게 된다.
'술자리를 가져보면 진짜 그 사람을 알 수 있다'
왜 이런 말이 나왔는지 모르겠다.
그건 그 사람의 진짜 모습이 아니다.
그 사람의 취한 모습인 거지.

그는 애주가가 아니었다.
그런데 그를 만나서 술자리를 가졌을 때,
그리고 어느 순간 취해서 엉너리를 치며
또 다른 내가 속에서 튀어나왔을 때,

그의 반응은 남들과 조금 달랐다.


그는 내가 정신적으로나 육체적으로나
어디가 많이 아플 거라고 생각했다.
멈추지 않고 계속 마시는 걸 보니
제정신으로 마시는 것 같지는 않고,
죽고 싶어도 죽지 못해서 마시는 것 같기도 한데,
저러다간 죽기는커녕
다음날 몸만 된통 아플 것 같아서 걱정된다는 거다.


- 많이 아프죠?


아마 자기가 이런 말을 했는지 기억도 하지 못할 거다.

아무튼, 그가 했던 이 말은 나에게 몹시 아프게 다가왔는데
숙취로 아프냐는 말보다 그동안의 삶의 감정적 상처 때문에
많이 아팠을 것 같다는 위로의 말로 들렸기 때문이다.

지금까지 그렇게 많은 술자리를 가졌음에도
내게 그런 말을 한 사람은 아무도 없었다.

그렇게 남편을 만나고부터는
마셔도 마시는 게 아닌 게 되었다.
위장이 뒤집어지든 가슴이 찢어지든,
나만 아프고 말면 되는 것이 아니라는 걸 깨달았다.

결혼하고 나서 금주까지는 아니지만,
적어도 이제 끝까지 마시지는 않는다.

그 사람 말대로 술로 죽고 싶어 했던 때는 지났다.

아무리 속상한 일이 있어서 술 먹고 죽고 싶어도,

술 없이 죽을 수도 있겠다는 생각이 들었다.


이 사람과 함께 늙어 죽으면 되는 거다.

---

**가리사니**
「명사」
「1」사물을 판단할 만한 지각(知覺).
「2」사물을 분간하여 판단할 수 있는 실마리.

「준」가리산

그러자 그가 물었다.
많이 아프죠 ?

Part 3

아침의
곡두

# 아 침 의   곡 두

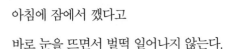

아침에 잠에서 깼다고
바로 눈을 뜨면서 벌떡 일어나지 않는다.


언제부턴가 시간이 필요했다.


밤새 있었던 모든 일들이
꿈이었음을 깨닫는 시간.


현실에서의 내가 누구였고,
무엇을 했고,
또 뭘 해야 하는 사람인지,
돌이켜 생각해 내는 시간이 필요했다.

결혼하고 나서는 시간이 더 필요했다.

눈을 뜨고 나면 옆에 남편이 있는데,
이 사람을 어떻게 만났고,
어떻게 결혼해서 지금까지 왔는지,
그 모든 기억들이
한꺼번에 돌아오는 시간을 가져야 했다.

그러고 나면 그제야 몸이 뒤척여졌다.

나는 꿈을 꾸지 않은 밤이 없었다.
그래서 혹시 꿈을 현실처럼 겪는 건 아닐까.
현실이 매일 지속되듯, 꿈도 매일 계속되니
꿈인지 생시인지가 모호해졌다.

꿈의 환영에 시달리다가 아침이 되면
현실을 익히기 위한 시간이 필요한 것이겠지.

꿈을 정리할 시간.

현실을 기억할 시간.


어떨 땐 꿈이 꿈이라 다행이고,
어떨 땐 꿈이 현실이 아니라서 슬픈,


아침의 곡두.

---

곡두[-뚜]
「명사」
=환영(幻影)

# 경 찰  가 족 으 로
# 살 기

경찰하고 산다고 하면
다들 멋지다는 말을 한다.


물론 멋지다.
끌밋한 제복을 입고서,
법을 지키고 보호하기 위해 애쓰는 남편도 멋지고
경찰 가족으로서
강심장이 되려고 애쓰는 나도 멋지다.


하지만 그런 뿌듯함은 단지 1%.
나머지 99%는 걱정, 걱정, 걱정이다.

무서운 범죄도 다루다 보니,

어디 다쳐서 들어오는 건 아닐까,

몇 시간 째 연락이라도 안 되면

정말 심하게 두근두근하고 조마조마하다.


이 불안함과 매일매일의 긴장감은

1년이 지나고 2년이 지나도 사라지지 않는다.


잊을만하면 연금에 대한 편지가 집으로 날아온다.

순직하게 되면

배우자가 받게 될 돈은 현재 얼마이고,

순직하지 않고 제때에 은퇴하면

받게 되는 돈은 얼마이고…

그런 날이 오지 않기를 바라는 것처럼

이런 편지는 그냥 안 왔으면 좋겠다.


남편의 직장 동료들과 가끔 가족모임을 한다.

내 친구들의 말을 들어보면

그런 모임에선 서로 비교하고 자랑하는 통에

적지 않은 스트레스를 받는다던데,

경찰 가족들은 그렇지 않다.

연봉, 옷 상표, 가전제품,

골프 실력보다 더 중요한,

가족의 목숨이 하루에도 몇 번씩

왔다 갔다 하니 그럴 수밖에.


경찰가족끼리는 이런 얘기들이 오간다.


순찰을 하다가 사나운 개한테 물렸다면서요.

지금은 괜찮으세요?

은행 강도와 몸싸움을 하다가 다리를 다쳤다면서요.

지금은 어때요?

술 취한 사람을 연행하다가 팔을 세게 물렸다면서요.

좀 어떠세요?


이래저래 경찰 가족들은

강심장으로 단련되나 보다.

내가 입고 있는 깔밋하고 비싼 옷 따위가

뭐가 그리 중요하겠는가.

그가 매일 입고 나가는 끌밋한 제복이

뭐가 그리 중요하겠는가.


제복 안의 그의 몸과 마음이 다치지 않기를

매일매일 기도한다.

---

**끌밋─하다 [─미타─]**
「형용사」
「1」모양이나 차림새 따위가 매우 깨끗하고 헌칠하다.
「2」손끝이 여물다.

**깔밋─하다[─미타─]**
「형용사」
「1」모양이나 차림새 따위가 아담하고 깔끔하다.

강심장이

두근두근.

# 엄마가 연락 없이 친정에 갔던 이유

어릴 적, 외갓집에 갈 때마다
엄마는 외할머니께 간다는 얘길 미리 하지 않으셨다.

내 상식으로는 우리 가족이 오늘 내려갈 거다,
또는 몇 시까지 도착할 것 같다,
이 정도는 얘길 해야지 예의라고 생각했는데
엄마는 그렇지 않으셨다.

"우리가 내려간다고 하면 집안을 다 뒤져서 청소하고,
괜히 노인네 냄새난다고 힘들게 이불 빨래하고,
미리 얘기하면 안 돼. 외할머니 힘드셔."

우리가 간다고 하면
외할머니께서는 온 집안의 물건들을 되작거리며
아이들에게 위험한 건 없는지 확인하고 또 확인하셨을 게다.
서울 사는 아이들이 시골 이불에서 냄새난다고 할까 봐
이미 빨아서 장에 넣어둔 이불도 도로 다 꺼내서
다시 빨아 햇볕에 널었을 것이다.

휴대전화가 없던 시절,
몇 시쯤에 도착할 거라고 얘기를 했다면?
행여 꽉 막힌 고속도로에서 꼼짝 못 하고 있더라도
알려줄 방법이 없으니
'야들이 혹시 사고라도 난 겨, 왜 아직도 안 오는 겨?'

걱정까지 하시느라 몸도 마음도 피곤하셨을 거다.


난 결혼 전까지는 죽 서울에서 살았지만,
시골 외갓집에 예고 없이 자주 내려갔던 덕분에
외할머니에 대한 추억이 많다.


결혼 전에 외할머니께 이렇게 물어본 적이 있다.
"할머니, 난 살림에 대해선 할 줄 아는 게 하나도 없는데
나중에 결혼이라도 하면 청소, 빨래, 요리는 어떻게 하지?"


외할머니의 대답은 이랬다.


"앞에 닥치면 다 하게 되어있는 겨."


결혼을 하고 내 살림을 시작하다 보니 정말 그랬다.
닥치면 다 하게 되어있었다.
그때마다 무심한 듯 걱정할 필요가 없다시던
외할머니의 표정이 떠오른다.

지금은 돌아가서 그리운 그 얼굴을
손을 찬찬히 되작대고 싶어진다.


엄마가 외할머니를 배려했던 걸 봐서일까.
나도 엄마가 나 때문에 괜스레
본인 몸과 마음을 피곤하게 할 것 같으면
웬만하면 아무 말도 하지 않으려고 노력한다.


하지만 냉장고를 아무리 되작되작하여도
먹을거리가 없을 땐 전화를 드린다.


"엄마! 김치 좀….
아, 혹시 마늘종 남은 것도 있어?"


---

**되작-거리다[되-꺼—/뒈-꺼—]**
「동사」
「1」물건들을 요리조리 들추며 자꾸 뒤지다.
「2」이리저리 이모저모 살펴보다.
「3」생각을 이리저리 굴리다.

닥치면
다 하게
되 있는겨.

# 일 벗

한곳에서 함께 일하는 벗을 일벗이라고 한다. 글벗, 길벗, 말벗은 종종 들어왔는데 일벗은 새롭게 들린다. '직장동료'의 토박이말이라고 해도 무리가 없겠다. 방송작가들은 보통 같은 프로그램을 만든 동료 작가들과 친해지는데, 난 그동안 혼자 작업한 경우가 대부분이라 일벗이 많지 않다. 비록 같은 일은 하는 '작가 일벗'은 많지 않더라도, 이십 대 초부터 아나운서 사무실에서 일했던 덕분에 '아나운서 일벗'은 많다.

아나운서와 벗하다 보면 여러 장점이 있는데 우선 저속한 말이나 상스러운 말, 욕이나 지나치게 줄인 말들을 듣지 않아도 된다. 직장에서나 사석에서나 소위 배웠다는 사람들이 얼마나 서로에게 말을 함부로 하는지 누구나 한 번씩 경험해 봤

을 것이다. 하지만 아나운서들과 지낼 때는 그런 장면을 볼
일이 없었다. 정확한 발음을 구사하고 심지어 장단음까지도
지키며 말을 하는 사람들이니 어련하겠는가.

또 다른 장점은, 나는 카메라 뒤에 있고 그들은 카메라 앞
에 있지만 크게 보면 같은 방송사에서 일하는 사람들이니 서
로를 이해하기가 쉬웠다는 점이다. 만약 같은 작가였다면, 서
로의 프로그램을 비교하거나 똑같이 원하는 자리에 앉기 위
해 어쩔 수 없이 경쟁해야 할 때도 있는데, 아나운서와는 그
럴 필요가 없었다.

예능국, 교양국, 라디오국 등에서는 작가들에게 작가실을
따로 주는 경우가 있지만, 아나운서국에서는 작가가 나 혼자
였기 때문에 아나운서들과 나란히 책상을 붙이고 앉아서 일
했다. 처음에는 아나운서들이 한 사무실에 모여 일을 하는지
도 몰랐다. 연예인들처럼 방송이 있을 때만 방송사에 나와서
일을 하고 흩어지는 줄 알았지, 텔레비전에서 얼굴을 볼 수
있고 라디오에서 목소리를 들을 수 있었던 그 사람들이 한방
에 모여 앉아 우리말에 대해 연구를 하거나 책을 읽고 각자

방송 준비를 하는지는 몰랐다.

　아나운서들과 나이와 성별을 구분하지 않고 두루 벗을 할
수 있었던 것은 행운이었다. 아나운서가 아님에도 한 방송사
의 모든 아나운서와 알고 지내는 사람이 몇이나 될까. 십여
년을 한방(아나운서들은 '사무실'보다는 '우리 방'이라는 표현을 더 즐
겨 썼다)에서 지내면서 돌아가신 분들도 보았고, 도전을 위해
다른 길을 택한 사람들도 보았고, 또 앳된 얼굴로 새로 방에
들어오는 사람들도 보아왔다. 지금은 외국에 사는지라 직접
얼굴을 볼 기회는 적지만 한국 텔레비전이나 라디오에서 그
들의 얼굴과 목소리를 접할 때마다 반가운 마음을 숨길 수가
없다.

일벗
또는 길벗,
그리고 말벗.

그동안 맺은 좋은 인연 덕택에 적지 않은 분들이 내가 사는 먼 곳까지 놀러 와 집에 머무르며 얼굴을 보고 가기도 했다. 한국에서는 서로의 일벗이었지만 여기 오면 내가 그들의 길벗이 되어주고 그들은 심심한 나의 외국 생활에 말벗이 되어주었다.

분명 다른 직종에서 일하는 사이였지만 같은 방(!)에서 일했던 덕분에 좋은 것을 자주 보고 겪었다. 내가 아나운서가 아니라고 해서 차별하지 않고 여러모로 좋은 대접을 받으며 일을 할 수 있게, 또 일을 배울 수 있게 배려해주었던 많은 일벗들에게 새삼 다시 고마운 마음을 전하고 싶다.

---

**일-벗[일:뻗]**
「명사」
한곳에서 함께 일하는 벗.

**벗-하다[버:타-]**
「동사」
「1」벗으로 지내다. 또는 벗으로 삼다.
「2」서로 경어를 쓰지 않고 허물없이 사귀다.

# 가 장  건 강 한
# 모 습 으 로

암으로 돌아가신 아빠는

항상 꿈속에서 환자복을 입은 채 등장한다.

아버지가 돌아가신 사람들에게 물어보니

전부 그렇지는 않다고 하는데

왜 내 꿈속에선 항상 환자복을 입고 있는 걸까.

아마도 병원에 있으셨던 시간이 길어서

내게 너무 깊게 각인된 거겠지.


지금은 남편이 된 남자친구가

나처럼 암으로 아버지를 잃었다고 했을 때

엄마는 걱정하셨다.

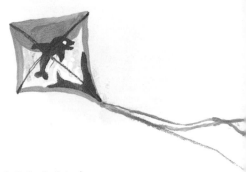

내가 '남자 어른'이 없는 집에서 자랐으니
결혼은 '남자 어른'이 있는 집안의 사람과 하길 원하셨다.


남자 어른과 살지 못해 놓치고 살았던 것들을
결혼 뒤에 겪으며 살길 원하셨던 거다.


고등학생 시절, 친구네 집에 놀러 갔다.
친구들과 새살거리며 놀고 있었는데
일찍 퇴근하신 친구의 아버지께서
목소리가 너무 크다며 우리를 살짝 꾸짖으셨다.


그런데 갑자기 나 혼자만 눈물을 뚝뚝 흘렸다.
친구들은 내가 혼이 났기 때문에 울었다고 생각했지만,
그렇지 않았다.

그곳에선
가장 건강했던 모습으로 있기를...

너무나 오랜만에 '아버지'의 목소리로
꾸짖음을 들으니 갑자기 눈물이 났다.
앞으로도 이런 사소한 것들을
놓치고 살아야 한다는 생각에 눈물이 났다.

사진으로만 뵀었던 시아버지와 아빠가
서로 만나는 상상을 해본다.

사진 속 활짝 웃으시는 건강한 모습의 시아버지와
내 기억 속 가장 멋있었던 그 시절 모습의 아빠가
서로 만나는 상상을 해본다.

그래서 나는 사람이 죽으면 그곳이 어디든
그들이 가장 건강했던 모습으로
존재할 수 있기를 상상한다.

---

**새살거리다**
「동사」
샐샐 웃으면서 재미있게 자꾸 지껄이다. ≒새살대다.

# 추억의 음식,
한식

런던 도심은 많은 공원이 있는 것으로 유명하다. 도심이 그 정도이니 시내를 조금만 벗어나면 온통 푸르고 푸르다. 하지만 산이 없어서일까, 산나물을 찾아볼 수가 없고 그나마 들판에서 쉽게 볼 수 있는 고사리도 동물의 먹이라는 인식이 커서 여기 사람들은 음식재료로 보지 않는다. 덕분에 합법적으로 고사리 채취가 가능한 곳은 한국 아주머니들의 단골 나들이 장소가 되기도 한다.

언제부턴가 한국 프로그램에는 먹방('먹는 방송')이 넘쳐난다. 외국에 살고 있으니 먹방에 나온 다양한 한식을 보고도 그 재료를 쉽게 구해 먹을 수가 없어 아주 괴롭다. 특히 한국에서는 쉽게 캐어 먹을 수 있는 냉이, 상추, 민들레나물, 씀바귀, 쑥, 돌나물, 달래 등을 전혀 찾아볼 수가 없으니 도대체 저 널따란 푸름에 무슨 재미가 있나 싶기도 하다.

외갓집에 가면 엄마와 함께 으레 냉이를 캐러 다녔다. 덕분에 나는 잎만 보고도 냉이와 냉이가 아닌 것을 구분할 줄 알았다. 대학 때는 농촌 봉사활동에 가서 호박을 수확한 적이 있다. 호박에 영양을 공급하는 큰 줄기를 싹둑 잘라버리지 않으려고 눈을 부릅뜨고 일을 했던 기억이 있다. 그러고 보니 영국에도 호박은 흔한 데 왜 호박잎은 구할 수 없는지 모르겠다.

성성한 호박잎을 쪄
갓 지은 따뜻한 밥을 싸
맛있는 장에 폭 찍어 먹어보았으면….

아빠 산소 주변에는 고사리가 있다. 고사리가 나는 철에 가면 조금 뜯어오곤 했다. 나는 아직 영국산 고사리를 먹어보지는 못했지만, 생김새를 보면 영국 것과는 종류가 다르다. 내가 영국에서 산책하다가 이곳 고사리 사진을 찍어 한국에 계신 엄마에게 보내면 그건 맛없는 종류라며 그냥 두라고 하신다. 다른 건 그렇게 외국산, 외국산 외치면서 음식재료만큼은 한국산을 고집하는 우리들의 모습이 재미있다.

한국 명절이 다가올 때는 한식에 대한 그리움이 더욱 심해진다. 설날이나 한가위가 되면 영국에서 나는 재료로 대충 한식을 만들어보지만 같은 맛을 내지 못한다. 아무리 한국 마트에서 재료를 샀다고 해도 수출용은 내수용과 뭔가 다르다. 이제 외국에도 많이 알려진 한국 대표 음식 비빔밥은 런던 시내의 한식당에서도 흔히 맛볼 수 있지만 역시나 맛이 다르다. 다른 땅에서 자란 고사리, 콩나물, 당근, 시금치, 버섯, 오이이니 일단 거섶의 맛부터가 다를 수밖에.

영국에서 볼 수 있는 음식재료 가운데 고사리, 오이, 가지, 호박, 시금치처럼 한국산과 생김새도 다르고 맛도 다른 것이 있는가 하면 마늘, 양파, 감자, 상추처럼 생김새는 같은데 맛이 다른 것이 있다. 한국의 것을 먹고 자란 한국인이기 때문에 한국에서 나고 자란 것들로 차린 차반이 매일매일 그립다.

강다짐하더라도 내 땅에서 자란 쌀로 지은 밥을 먹는다는 것이 얼마나 행복한 일이었는지 한국에 살 때는 미처 몰랐다.

살면서 먹어오던 것들을 쉽게 구해 먹을 수 있는 곳에서 사는 것은 행운이다. 추억의 음식이라는 말도 있지 않은가. '한국에서 나고 자란 것들로 만든 한식'이 나의 추억의 음식이 될 줄은 몰랐다. 어떤 이들은 외국에 살면 영어를 잘하기 위해, 그 나라에 잘 적응하기 위해, 그 나라 사람처럼 살기 위해, 재료가 없어 만들기가 어려워서 등등 여러 이유를 대며 김치도 안 먹었다고 한다. 하지만 나는 우리 '한국인의 밥상'만은 포기 못 할 것 같다. 이러다 언젠가 〈제한된 영국 음식재료로 한식 해먹기〉란 요리책을 쓸지도 모를 일이다.

---

**거섶[거:섭]**
「명사」
비빔밥에 섞는 나물.

싱싱한 호박잎을 쪄서,
따뜻한 밥에 싸고,
맛난 장에 찍어서
한입.

# 그 녀 의   존 재 감

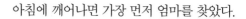

아침에 깨어나면 가장 먼저 엄마를 찾았다.


'꿈'에서 '이성'으로 돌아와 현실을 느끼기도 전에
나는 본능적으로 엄마를 찾고 있었다.
꿈에서 현실로 가는 그 '과정'을 거치지 않은
그루잠에 들것 같은 그 미묘한 몽롱함 속.
몸은 여전히 침대에 엎어뜨려 놓고
정신을 집중해서 엄마를 찾아본다.


가끔은 기도하는 나지막한 목소리가
거실로부터 들려오기도 하고,

가끔은 부글부글, 탕탕탕, 달그락달그락
부엌에서 요리하는 소리로 느끼기도 하고,
가끔은 엄마가 켜놓은 TV나 라디오 소리가
그녀가 먼저 눈을 떴음을 확인시켜주기도 했다.

아주 가끔은 엄마의 흔적을 찾을 수 없기도 했다.

그러면 나는 꿈도 아니고 현실도 아닌
이상한 감각의 세계로 떨어져 버린다.

그곳에선 이성이 뭔지 감성이 뭔지
지성이 뭔지 각성이 뭔지 헷갈렸다.

내가 있는 시간과 공간 속에 그녀가 함께 있다는 것,
그녀가 존재하는 곳에 내가 함께한다는 것,
내겐 이런 믿음이 필요한 게 아닐까.

내가 존재하는 세상에,

그녀가 존재하지 않는다는 것은 상상하기도 힘들다.


어째서 엄마의 존재는 두려움을 만들까.


그녀가 존재하는 지금도 두렵고

그녀가 존재하지 않게 될 것도 두렵다.

---

**그루-잠**

「명사」

깨었다가 다시 든 잠.

어린 시절 악몽을 꾸던 밤

가장 먼저 그리웠을…

# 정 의 의   사 도

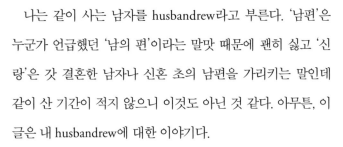

나는 같이 사는 남자를 husbandrew라고 부른다. '남편'은
누군가 언급했던 '남의 편'이라는 말맛 때문에 괜히 싫고 '신
랑'은 갓 결혼한 남자나 신혼 초의 남편을 가리키는 말인데
같이 산 기간이 적지 않으니 이것도 아닌 것 같다. 아무튼, 이
글은 내 husbandrew에 대한 이야기다.

어느 날, 혼자 운전 중이던 husbandrew. 그런데 반대 방향
쪽 인도에서 한 중년의 남성이 중년 여성을 폭행하는 걸 보
게 되었다. 벌건 대낮에 길 한복판에서 무기력하게 맞고 있는
여성을 본 순간, 그는 조금도 머뭇거리지 않고 바로 운전대를
돌렸다. 곧장 그들 앞에 차를 멈추고는, 남성을 여성에게서 떼
어 놓았다. 이 이야기는 그에게 직접 들었고 또 차량의 영상
기록장치(블랙박스)를 통해서도 확인할 수 있었다. 나는 영상

을 보며 그에게 물었다.

"혹시 이 아주머니가 남 일에 신경 쓰지 말라며
오히려 뭐라고 하지 않았어?"

대답은 '그랬다'였다. 알고 보니 둘은 부부 사이. 남의 일이
니 신경 쓰지 말고 가던 길이나 가라고 했겠지. 하지만 그는
물러서지 않았고, 남성이 진정 될 때까지 여성으로부터 떨어
뜨려 놓았다가 한참 뒤에야 차로 돌아왔다. 길에는 다른 사람
들도 있었지만, 그가 운전대를 돌려 그들 앞에 나타날 때까지
아무도 폭력을 적극 말리지 않았다.

결혼식 닷새 전엔 이런 일도 있었다. 그는 영국 경찰서에
휴직계를 내고 한국에 머무르고 있었고, 함께 연극을 보고 집
에 오는 길이었다. 집 근처에 왔을 때 갑자기 술에 취한 행인
둘이 우리가 타고 있던 차를 마구 두드렸다. 아파트 입구로
들어가기 위해 서행을 하던 차를 마치 2002년 월드컵 응원을
하듯 흥분하며 두드려댔다. 그들이 취해있었기 때문에 나는
무시하고 싶었지만, husbandrew는 그렇지 못했다. 차에서 내

려 취한 두 남자에게 위험한 행동은 하지 말라고 경고했다.

그들은 몸을 가누지 못할 정도로 취해있었다. 그러다 자기들이 우리 차에 치여서 사고가 난 것으로 상황을 착각하기 시작했다. 경찰을 부르겠다며 감정이 격해진 그들은 결혼을 앞둔 husbandrew를 때리려고 했고 나는 그가 다치지 않기를 바라며 가슴을 졸였다. 하지만 곧 모두가 아스팔트 위에서 구르기 시작했고, 결국 그의 양복이 찢어지고 손과 다리에 상처가 났다. 그러는 동안 경찰이 왔다.

경찰서에선 우리가 피해자 신분으로 경위서를 적는 동안 상대방들은 술에도 취했고 몸도 피곤했는지 잠을 자기 시작했다. 조사가 길어질 것 같았지만, husbandrew는 자기가 경찰임을 알리지 않았다. 비록 다른 나라의 경찰이긴 하지만 혹시 같은 경찰이라고 편의를 봐주기라도 할까 봐. 결국, 새벽 4시가 넘어서야 집으로 갈 수 있었지만, 결혼을 앞둔 예비 신랑의 얼굴을 다치지 않은 것만으로도 다행이라고 생각했다.

이번엔 영국에서 있었던 일이다. 그날은 husbandrew가 일하는 날이 아니어서 조금 먼 거리의 큰 슈퍼마켓에 함께 갔다. 장을 보던 중 그는 어떤 여성이 술병을 품 안에 넣는 걸 우연히 보게 되었다. 하지만 그걸 도둑질이라고 할 수는 없었다. 아직 슈퍼 안이고, 나가면서 계산을 할 수도 있으니까. 그는 장을 보는 동안 그 여성을 계속 주시했고 결국 계산을 하지 않고 나가버린 그녀를 붙잡게 되었다.

그녀는 잡히자마자 주변 사람들에게 침을 뱉기 시작했다. 술은 훔친 것이 아니라 다른 슈퍼에서 산 것이라고 거짓말을 해댔고, 결국 그 구역 담당 경찰들이 와서야 사태가 종료되었다. 담당 경찰들은 그녀가 이 지역 상습범이며 AIDS 환자인데 침을 뱉으며 위협한다고 귀띔해주었다. 슈퍼마켓 측은 고맙다며 와인 한 병을 선물로 주었다. 또 쉬는 날에 이런 일이 있으면 보너스가 지급된다는 걸 다음날 경찰서에서 보고한 뒤 알게 되었다. 이 사실을 처음 알게 된 남편의 동료들은 그후 쉬는 날에도 눈에 불을 켜고 정의를 찾아다닌다고 한다.

약한 사람을 돕는 걸 당연하게 여기는 사람
불공정하고 불공평한 일에 물러서지 않는 사람

잘못된 것을 잘못되었다고 표현할 줄 아는 사람

그런 사람이 나의 husbandrew다.

시간이 흐르면 흐를수록 더금더금 모일 수밖에 없는 내 사랑. 그가 자랑스럽고 또 내가 그의 아내라서 자랑스럽다. 그래서 자랑 좀 해봤다.

---

**더금더금**
「부사」
어떤 것에 조금씩 자꾸 더하는 모양.

# 화 난   어 른

얼굴을 보면

그 사람이 살아온 인생을 알 수 있다고 한다.


어떤 어른의 얼굴은

지금 당장 화를 내고 있지 않지만

이미 두 눈썹 사이에 깊은 주름이 배어있다.


어떤 어른은

가만히 있어도 웃고 있는 것처럼 보인다.

가만히 있어도 화를 내고 있는 것처럼 보이기보단

가만히 있어도 웃는 것처럼 보이고 싶다.

버스를 타고 어디론가 갈 때나

몇 시간이고 TV를 볼 때

의식적으로 미소를 짓고 있으려고 애쓴다.


또 무의식적으로 찡그리고 있는

남편이나 엄마의 얼굴을 보면

손을 이마로 뻗어 만져준다.

찡그린 부분을 손으로 펴준다.


화난 어른은 말투에서도 나타난다.


짜증 나 죽을 것 같아.

열 받아 죽겠어.


그냥 짜증 나고 열 받는 것도 화나는데

죽을 것 같이 짜증 나고 열이 받는다고 한다.

---

**곰비임비**
「부사」
물건이 거듭 쌓이거나 일이 계속 일어남을 나타내는 말.

싸우는 것과 다투는 것은 같으면서도 다르다.
사전적 뜻이 크게 다르지 않더라도 말맛이 다른 거다.
남편과 싸웠다는 말보다는 남편과 다퉜다는 말이
화해하기도, 회복하기도 더 쉬워 보인다.

화난 어른처럼 보이지 않기 위해서
표정도 말투도 애써 돌보아주자.

살면서 웃는 일만 곰비임비 일어날 수는 없다.
하지만 살면서 울 일만 곰비임비 일어날 수도 없다.

웃을 일이라 생각하면 웃을 일이고
울 일이라 생각하면 울 일이다.

# Part 4

# 나는
여자다

# 나 는  여 자 다

어쩌다 보니 여자로 태어나서


그나마 이 시대에 태어나서
직장도 당당히 가질 수 있게 되었고


어쩌다 보니 결혼을 하게 되고
그러니 아이 엄마가 되었는데,


일도 여전히 해야 하고
이쯤 되면 이 일이 나 때문에 하는 건지
아이 때문에 하는 건지 모르겠고,

동시에 배우자에게 '이성'이기도 해야 하고

또 다른 아이가 생기고,


아이 키우는 직장인이 더 매력적일 것만 같으니

더불어 다른 여자들과 경쟁도 해야 하고

더불어 다른 남자들과 경쟁도 해야 하고,


나는 어디까지 왔을까?


아니,

어디까지 가고 싶은 걸까?


흐늘쩍대며 나래를 저어보자.

이 강을 흐르는 나의 배가

어디까지 가고 싶은 건지.

---

**나래**

「명사」

배를 젓는 도구의 하나. 노와 비슷하나 길이가 짧고, 두 개로 배의 양쪽에서 젓게
되어 있다.

# 숨 막 히 는
# 이 야 기 들

아기를 낳고 얼마 되지 않았을 무렵이다.


내가 아기를 낳아서 그런 건지,

그맘때 그런 뉴스가 유난히 많았던 건지는 모르겠다.


한국.

19세 발달 장애인이 2살 아이를 이유 없이

건물 밖으로 집어 던져 아이가 사망하였다.

누구를 탓해야 할까.


미국.

생후 두 달 된 아기를 안고 길을 걸어가는 여자를

뒤에서 발로 세게 찬 사람이 붙잡혔다.

그녀의 휴대전화를 훔치려고 그랬단다.

여자는 아기와 함께 넘어졌지만, 다행히 모두 무사했다.


영국.

병원 CCTV에 아기를 얇은 담요 한 장에 감싸

밖으로 나가는 산모의 모습이 포착되었다.

추운 겨울이었고 여자는 슬리퍼만 신은 상태였다.

다음 날, 근처에서 둘 다 사망한 채 발견되었다.

여자는 심한 우울증을 앓고 있었다고 한다.


다시 한국.

축복받지 못하는 상황에 아기를 낳은 어린 엄마.

그날 악마가 그녀를 어루꾀었다.

그녀는 아기를 냉동실에 넣고 술을 마시러 나갔다.

집에 돌아왔을 때 아기는 냉동실에서 여전히 울고 있었다.

그녀는 아기를 다시 꺼내 목을 졸라 살해했다.

일부러 이런 뉴스를 찾아본 것도 아닌 데 정말 많다.

보는 것마다, 듣는 것마다 참 힘들었다.

숨이 막힐 지경이었다.

내 아기가 높은 곳에서 던져진 것처럼,

충격으로 길바닥에 나뒹군 것처럼,

세상에서 가장 믿었던 사람에게 배신을 당한 것처럼,

아프도록 차가운 냉동실에 있었던 것처럼 치가 떨렸다.


괜스레 아기를 두꺼운 이불에 꽁꽁 싸매

내 품에 꼭 안고 있었다. 한참을 그렇게 꼬옥 안고 있었다.

그 불쌍한 아기들 몫까지 웃으면서,

열심히, 재미있게, 사랑받으며 살라고 울면서 말해주었다.


영화 〈헬프〉에 이런 대사가 있다.


You is kind.

You is smart.

You is important.

백인에게 멸시와 차별을 받으며 사는 흑인 가정부가
자신이 돌보는 백인 아이에게 늘 해주는 말이다.

이런 뉴스를 접할 때마다
나도 아기를 안고 어루만지며 똑같은 말을 해주었다.
이런 말을 들을 기회조차 얻지 못했을
아이들을 생각하며 반복해서 말해주었다.

그냥 하룻밤 악몽 같은 이야기였다면 좋았을,
그렇지만 정말 현실에서 일어났던,

너무나 숨 막히는 이야기들이다.

---

**어루-꾀다[-꾀-/-꿰-]**
「동사」
「1」얼렁거려서 남을 꾀다.
「2」남을 속이다.

You is kind.

You is smart.

You is important.

# 부 주 의 처 럼
# 보 이 는

열다섯에 아빠가 돌아가신 이후로, 엄마는 본인이 여행을
가실 때마다 나를 붙들고 이상한 얘길 하신다.

엄마가 혹시 잘못되면 어디 보험회사에 연락해야 하고,
무슨 통장은 어디에 숨겨놓았고,
무슨 반지는 어디에 숨겨놓았고,
누구한테 연락해서 어떤 얘기를 해야 하고….

앞일은 모르는 거라며 여행을 가실 때마다 그러니 (여행도
매우 자주 가신다) 내 처지에서는 기분이 상쾌할 리 없다. 내가
장녀이기 때문인 것도 있겠지만, 남동생에겐 이런 이야기들

을 전혀 하지 않으시는 것 같다. 왠지 내게만 얹어진 무거운 짐 같이 느껴지기도 한다. 언젠가 이런 일기를 쓴 적도 있다.

긴 여행을 떠난 엄마가 지어놓은
마지막 밥 한 공기.
그 잔인한 맛.
몽상을 위험하게 갖고 노는 영혼을
익사하지 않게,
겨우겨우 현실과 묶어 놓은,
유일해서 소중하지만
사실은 썩은 밧줄 같은
그런 맛.

앞일은 모르는 게 맞다. 매사에 대비하고 사는 것도 좋지만 어우렁더우렁 엮여 살기를 꿈꾸는 게 더 좋다. 아빠가 돌아가시고 난 뒤, 친척들과는 예전만큼 모이지 않는다. 아니, 어쩌면 친척들이 모이는 자리에 우리가 가지 않게 된 것일지도 모른다. 내가 결혼하기 전까지 오랫동안 우린 하나가 줄어든 가족인 채로 살았고, 결혼 후에 겨우 하나 늘었다며 농담을 하곤 했다.

엄마까지 돌아가시면 아무도 없게 된다는 사실을 계속 느끼며 사는 것은 유쾌한 일이 아니다. 언젠가 읽었던 제목도 작자의 이름도 기억나지 않는 시의 내용이 떠오른다. 아버지를 잃고 나서 언젠가는 어머니도 잃을 것이라는 불안함을 가지고 살았는데, 정작 어머니가 돌아가셨을 때 왠지 모를 해방감을 느꼈다는 내용이다. 그만큼 불안하기 때문이겠지.

오스카 와일드의 작품 〈진지함의 중요성 (The Importance of Being Earnest)〉에는 다음과 같은 대사가 있다.

잭 : 양친을 다 잃었어요.
브랙크널 부인 : 워딩 씨,
한 어버이를 잃는다는 것은 불행이라 볼 수 있지만,
두 어버이를 다 잃는다는 것은 부주의처럼 보입니다.

시든 희곡이든, 어버이를 잃는 것에 대한 내용이 나오면 자연스레 내 처지와 비교해볼 수밖에 없다.

엄마가 꾸준히 상기시켜준 덕분일까. 한 부모 가정에서 자라면서 고아가 될 수 있다는 불안함이 항상 쫓아다녔다. 언젠가는 몸 붙일 곳 없이 혼자가 된다는 생각이 떠나질 않았다. 하지만 돌아가신 아빠를 살릴 수도, 가는 세월을 막아 엄마를 늙지 않게 할 수도 없다. 언젠가는 두 어버이를 다 잃는 부주의함을 보이더라도 그건 내가 어떻게 할 수 있는 일이 아니라는 걸 깨달아야 했다.

그동안 엄마를 잃을까 전전긍긍하며 살았듯이 남편을 잃을까, 아이를 잃을까 두려움에 벌벌 떨며 살고 싶지 않다. 내 옆에 있는 사랑하는 가족과 좋은 친구, 그리고 이웃들과 어우렁더우렁 살다보면 이런 불안도 어느 정도 사라지지 않을까 기대한다.

---

**어우렁-더우렁**
「부사」
여러 사람들과 어울려 들떠서 지내는 모양.

엄마
제발 그런 말 좀
그만…

# 착한  사마리아인

방송 일을 하며 알게 된 친한 언니에게서 들었던 이야기다. 그녀는 한국인과 미국인 사이에서 태어나 한국과 미국의 문화를 모두 잘 이해하고 있고, 한국 방송은 물론이고 외국인을 위한 영어 방송에도 출연하는 재원이다. 어느 날 방송이 끝난 후, 그녀는 여러 명의 외국인 출연자들과 함께 서울의 붐비는 길을 걷고 있었다. 그런데 길 한복판에서 덩치가 좋은 남자에게 두들겨 맞고 있는 여자를 보게 되었다. 그들은 바로 달려가 그 둘을 떼어 놓았고 자연스레 그 남자와 실랑이를 하게 되었다.

폭행으로 만신창이가 된 여자.
여러 명의 외국인들에게 둘러싸인 남자.

그런데 상황이 이상하게 흘러갔다. 사건을 처음부터 보고 있지 않았던 사람들이 '외국인들에게 추행을 당한 여자친구를 구하려는 남자'라는 소설을 머릿속에 쓰기 시작했다. 이 오해는 결국 '한국 남자들 대 외국 남자들'이라는 거대한 싸움을 일으켰다.

누군가의 신고로 모두 경찰서에 가서도 일은 잠잠해지지 않았다. 응급실에 다녀온 여성 피해자가 자기는 남자친구에게 맞은 적이 없으며 외국인들도 자기와 아무런 관련이 없다고 진술한 것이다. 나중에 피해자 친구의 진술을 통해서 이들이 그저 여자를 도우려 했을 뿐이라는 사실이 밝혀졌지만, 이 사건에 휘말렸던 모든 외국인들의 서류에는 기록이 남게 되었다. 출입국사무소에도 여러 번 불려다니며 한국에서의 삶이 불편하게 되었다고 한다.

이후에도 한국에 살면서 비슷한 일이 몇 번 있어 남을 도와주었는데, 그때마다 돌아오는 것은 불편한 시선이었다고 한다. 이런 일들을 겪고 그들은 한목소리를 냈다고 한다. 왜 사람들이 섣불리 남을 돕지 않게 되었는지 알 것 같다는 거였다. 굳이 외국인의 시선에서 보지 않더라도 이런 이야기를 들을 때마다 안타깝다.

왜 우리는 곤경에 처한 사람을 보면 도와야 할지 '생각'부터 하게 되는지, 또 그렇게 길들어 갈 수밖에 없는지 안타깝다.

어떤 나라에선 곤경에 처한 사람을 돕지 않으면 벌금을 물거나 구류, 징역을 선고하는 경우도 있다. 영국의 다이애나비가 교통사고를 당했던 순간, 그녀를 돕지 않고 사진만 찍었던 파파라치는 벌금을 내야 했다. 우리도 그렇게 해야 할까? 법으로 개인의 도덕적 판단을 처벌한다는 것이 아마 달갑지 않을 수도 있을 것 같다.

세월호 참사도 마찬가지다. 배가 멈추었을 때, 보고는 어떻게 해야 할까, 현장 파악은 누가 하고 있나, 책임자는 누구인가를 '생각'하기 전에, 하나의 생명을 더 구하기 위해 몸이 먼저 움직였어야 했다. 절체절명의 고빗사위에서 우리는 왜 머뭇거리고, 생각을 먼저 하게 되었을까.

아마도 자신의 행동이 가져올 '책임'과 불편함 때문이겠지만, 그 책임을 지지 않기 위한 '생각'을 하는 동안, 사람의 목숨을 지켜야 한다는 인간으로서의 '책임'은 실종되어버렸다.

---

**고빗사위**
「명사」
매우 중요한 단계나 대목 가운데서도 가장 아슬아슬한 순간.

왜 이 말만 기억나지.
남 일에 앞장서지 말라고…

틀 리 기  싫 어
멈 추 어 버 린

부모의 나이 듦을 이해해야 한다.


난 그러지 못하고 있다.
이미 아빠를 삶에서 잃어 보아서인지,


'부모님께 잘해라'
'늦으면 소용없다'
이런 말들을 난 매우 덤덤하게 듣게 된다.


아빠가 돌아가시고 나서 많은 문제가 생겼는데,
세월이 해결해줄 것을 기대했지만,

5년이 지나도, 10년이 지나도 계속 새로운 문제가 생겼다.

마디에 옹이 같다.
옹이에 마디 같다.

얼마 전에 깨달은 새로운 문제가 있다.
젊은 모습의 아빠만 기억하고 있어서인지,
엄마가 나이 들었다는 걸 인정하지 못한다는 거였다.

나에게 항상 완벽할 것을, 실수하지 않을 것을,
남에게 피해를 주지 않을 것을 강조했던 엄마였기에,
나는 엄마가 완벽하지 못하거나, 실수하거나,
본의 아니게 남에게 피해를 주는 것을 보게 될 때
굉장히 화가 나고 또 그것을 바로 표출한다.

그래서 그녀에게 완벽할 것을 요구하고
소리를 지르고 잘못되었다고 지적하며
바로 수정할 것을 요청하기도 했다.

하지만 나이 듦은 수정할 수가 없다.

일일이 나열할 수 없는 '엄마의 전과 같지 않음'이

소소하게 쌓여가고 있다는 걸 불현듯 깨달았다.

엄마는 사진 속 아빠처럼 건강하지도,

힘이 세지도, 웃지도 않는다.

그녀는 늙었고, 약하며, 웃을 일이 없다.


엄마가 왜 정답을 말하는 것보다

말하지 않으려 했는지 알 것 같다.

그녀는 오답을 말하지 않기 위해 애를 쓰는 것이다.


왜 그녀가 행동하지 않는지 이제 알 것 같다.

그녀는 틀린 행동을 하지 않기 위해 멈춰버린 것이다.

---

**옹이**

「명사」

「1」나무의 몸에 박힌 가지의 밑부분.

「2」굳은살을 비유적으로 이르는 말.

「3」가슴에 맺힌 감정 따위를 비유적으로 이르는 말.

엄마,
멈추지 말아요.

# 힘 쓰 기 에    힘 쓰 기

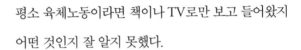

평소 육체노동이라면 책이나 TV로만 보고 들어왔지
어떤 것인지 잘 알지 못했다.


그러다 우연히도 아는 분의 일을 대신 도와드리게 되면서
얼마 동안 그 실체(!)를 체득할 수 있게 되었다.
글 쓰는 것이 직업이다 보니, 무에서 유를 창조한답시고
늘 뭔가를 상상하고 생각하고 머리와 눈알만 굴렸는데,


어느 날 갑자기
온몸의 근육을 쓰는 노동의 신성함을 경험한 것이다.
낮엔 생각노동의 일터에서 정신을 쏘옥 팔아버린 뒤에,
밤이 되면 육체노동의 일터로 향했다.

서울의 아름답고 찬란하고

심지어 따뜻해 보이는 불빛에 몸을 기대고

항상 다른 모습으로 나를 내려다보는 달을 경외하며,

신성한 육체노동의 일터로 향하는 나의 기분은

이상하리만큼 항상 또렷해지고 생생해졌다.


한참을 머리를 굴려도 써지지 않던 글이

땀을 뻘뻘 흘리는 일을 하고 난 뒤에

오히려 쉬이 써지는 경험도 하였다.


그 기간 동안 나의 허리, 어깨, 팔에 들어간

'힘'의 무게는 상당했지만,

그 무게 이상의 어떤 새로운

'감정' 또한 느끼게 되었다.


그 감정은 뿌듯함보단 좀 작고,

보람보다는 좀 가볍고, 생활의 치열함이라기엔 좀 낯선,

그런 느낌이었다.

생경했다.

한동안 다다 해봐야 했다.


결국, 그 노동의 대가로 얻은 것도 돈이 아니었다.

지금 이 느낌, 지금 이 글이었다.


머리를 쓰는 일을 하는 사람들 중엔,

몸을 쓰는 일을 하는 사람들을

업신여기는 사람도 있다.


머리가 위에 붙어있다고 해서

몸을 아래로 보아선 안 될 일이다.


아주 자주,

머리가 못하는 일들을 몸이 하지 않는가.

---

**다다**

「부사」

「1」아무쪼록 힘 미치는 데까지. 또는 될 수 있는 대로.

「2」다른 일은 그만두고.

넌
머리를 쓰지만,
난
심장이 뛰어.

# 아기 울음소리와
# 담배 연기

지금 사는 집으로 이사 온 뒤 첫 여름이었다. 날이 더워서 자주 창문을 열어두고 있었는데, 밑에 사는 압둘과 옥사나 부부가 자기네 집 발코니에서 계속 맞담배를 피워 댔다. 확 짜증이 났지만, 탁 트인 자기 집 발코니에서 피우는 것을 뭐라고 할 수도 없었다.

이곳 입주자 중 압둘과 옥사나 부부를 실제로 본 사람들은 거의 없다. 내가 압둘과 옥사나의 이름을 아는 것은 그들과 친분이 있어서가 아니다. 우리 단지에는 편지함이 따로 없어서 한군데 아무렇게나 쌓인 우편물을 이리저리 들춰가며 자기 것을 찾아가야 하는데, 그러다 보니 어디에 누가 사는지 알게 된 거다. 압둘과 옥사나를 기억하게 된 이유가 또 있다.

몇 달 전, 그 집에서 몇 주 동안이나 욕을 하며 싸우는 소리
가 났다. 문을 쾅 닫기도 하고, 접시가 깨지는 소리도 들렸다.
시끄럽던 다음날에는, 주민들끼리 '어제 그 소리 들었어?'라
고 이야기도 나누지만 서로 어리대기만 하고, 아무도 그 집을
방문하지는 않았다. 문을 두드릴 용기가 없는 건지 사생활을
침해하지 않으려는 건지는 모르겠다.

어느 날 늦은 밤까지 다투는 소리가 점점 심해질 무렵, 남
편이 나서서 신고했고 몇 분 뒤에 출동한 경찰이 압둘을 데려
가는 모습을 보았다. 남편 말에 따르면 경찰이 심각하게 다루
지는 않고 하루 정도 부부를 떨어뜨려 놓게 된다고 한다. 아
무튼, 그 날 이후로 싸우는 소리는 전혀 들리지 않지만, 담배
연기가 솔솔 올라오고 퍼지는 건 여전히 계속되었다. 압둘과
옥사나는 이래저래 동네 사람들에게 미운털이 박혔다.

그런데 몇 주간 부부싸움도 신고 못 하고 괜스레 어리대기
만 하던 동네 주민들은, 계속되는 여름날의 담배 연기에도 여

전히 가만히 있을 수밖에 없었다. 공교롭게도 그 집만 빼고 모든 집에 신생아가 있기 때문이었다.

아기가 있으니 더욱더 가만히 있으면 안 되는 것 아니냐고 생각할 수 있겠지만, 반대로 생각해보자. 모두의 집에 아기가 있으므로, 시도 때도 없이 나는 아기 울음소리가 서로에겐 크게 문제가 될 것이 없었다. 하지만 압둘과 옥사나에게는 조금 상황이 다르다. 아기가 없는 그들 처지에서는, 사방에서 계속되는 아기 울음소리가 얼마나 짜증스러울까 생각해보았다. 하지만 그들도 갓난아기가 우는 걸 가지고 뭐라고 할 수는 없을 것 아닌가.

나는 그렇게 타협을 하기로 했다. 부부싸움이야 누가 다칠 수도 있으니 신고를 했다 치더라도, 층간 흡연은 아기 울음소리와 바꾸기로.

마음이 한결 편안해졌다.

우리 집 창문을 열어두었으니 너희는 밖에서 담배를 피우지 말라는 말을 못하고 끙끙대느니, 그들이 밤새 들었을 아기 울음소리를 생각하면서 담배 냄새가 나기 시작하면 재빨리 창문을 닫는다.

가끔 사람들은 타협함으로써 자유를 얻는다.

---

**어리대다**
「동사」
「1」남의 눈앞에서 귀찮게 왔다 갔다 하다.
「2」말이나 행동을 제대로 하지 못하여 서성거리거나 우물거리다.

가끔은
타협하고 사는 게
정신건강에
좋다.

mi casa,
su casa

내 집처럼 지내라는 말이 있다.


해외에 살다 보니 이곳으로 여행을 와서
우리 집에 묵어가는 가족, 친구, 지인들이 참 많았는데
그때마다 내 집처럼 지내다 가라는 말을 한다.


내 손님들은 그렇지 않았지만,
'내 집처럼 지내라'는 말을 오해하는 사람들이 종종 있다.


내 집처럼 지내다 가라는 말은
집을 함부로 대하라는 뜻이 아니다.

여행 가방을 바닥이나 벽에 질질 끌어

시키면 흠집을 내도 된다는 얘기가 아니다.

집안 아무 데나 쓰레기를 버려도 되고,

집안에서 담배를 피워도 된다는 말이 아니다.


당신이 나가서 여행하는 동안, 당신이 묵는 방에

쓰레기를 치워주는 사람이 들어오는 게 아니므로,

내 집처럼 지내다 가라는 말은

내 집을 너의 집처럼 깨끗하게 유지하고

또 조심히 다루어달라는 이야기일 거다.


치워도, 치워도 눈에 티끌이 보이는 것이 집이다.

언제 어디서 긁혔는지 모를 것들이

시간이 흐르면 보이기 시작하고

아무리 새집이라도 사계절을 겪으면

창틀도 벌어지는 것 같고

화장실과 부엌의 물때는 닦아도 지워지지 않는 것 같다.

소중히 다루어도 이러한데 소중히 다루지 않는다면?

결과는 번한 것이다.

우리 부부는 여행을 가서

지인이나 친척의 집에 묵을 때 신경 쓰는 것이 있다.

우리의 머리카락과 각종(?) 털이다.

수염을 깎을 때도, 다리털을 밀 때도,

어쩌면 집에서보다 더욱 신경을 쓴다.


특히 백인 친구 집에 초대를 받아 갔을 때

더욱 신경이 쓰이는데,

우리의 머리카락은 빛깔부터가 다르니

한 올만 떨어져 있어도 눈에 띄기 때문이다.

그러니 괜히 한 올의 머리카락 때문에

구접스럽게 머물다 갔다는 소리를 듣지 않으려고

눈에 불을 켜고 바닥을 훑으며

내 집처럼(!) 지내다 오곤 한다.


꼭 묵고 가는 것이 아니더라도

남의 집에 방문하면

내 집처럼 있다가 갔으면 좋겠다.

내 집을 쓸고 닦듯이

내가 머문 자리를 쓸고 닦았으면 좋겠다.


그것이 내 집처럼 있으라는 말의 진짜 뜻이 아닐까.

---

**구접-스럽다**
「형용사」
「1」몹시 지저분하고 더러운 데가 있다.
「2」하는 짓이 너절하고 더러운 데가 있다.

네 집처럼 지내지 말고,
내 집처럼 지내란 말이야.

Part 5

추억의
더께

# 나 는
## 누 굴　닮 았 나

한 시 십일 분(1:11)이라든가,

두 시 이십이 분(2:22)이라든가,

아니면 열두 시 삼십사 분(12:34)에

이상하게 꼭 시계를 보게 된다.


"이거 봐! 또 이 시간에 마법처럼 시계를 봤어!"

그러자, 엄마는 나의 마법 이야기(?)를 일축해버린다.


"그게 아니라 한 시 십일 분이나

두 시 이십이 분은 기억하기 쉽잖아.

그래서 머리에 남아있어서  자주 본다고 생각하는 거고,

한 시 십오 분이나 두 시 삼십칠 분은

기억하기 어려우니까 그냥 잊어버리는 거야."


아하, 그렇구나.

어쩜 엄마는 이런 깊은 진리(!)를

저렇게 자늑자늑 설명하실까.

철학자가 아니라도 각자만의 깨달음이 있다.

어릴 때 엄마에게 들었던 이 시계 이야기가 그랬다.


그 뒤로 친구들이 시계의 숫자를 보면서

어릴 적 나와 같은 반응을 보이면,

'기억하기 쉬운 숫자'이기 때문이라고 말한다.

물론 이 결론은 어떤 과학적 연구결과가 아니므로

'우리 엄마가 그러시는데…'를 반드시 붙여야 한다.

엄마를 만나본 적이 있는 친구들은 모두 내 말에 수긍한다.

엄마의 그 자늑자늑한 말투와 성격이

신뢰감에 한몫한 것 같다.

애석하게 그녀의 딸인 나는 엄마의 그런 면을
닮지 않았다, 아니 너무 다르다.


'나는 그럼 아빠를 닮은 건가?'
하지만 얼마 전 내가 기억하고 있는 아빠의 모습은
진짜 아빠를 알기에 턱없이 부족하다는 걸 깨달았다.


헤밍웨이의 〈노인과 바다〉는
10대에 읽을 때와 20대에 읽을 때
그리고 30대, 40대, 50대에 읽을 때
모두 느낌이 다르다고 한다.
마치 그 책을 읽는 것처럼,
아빠에 대한 기억은 나이가 들수록 내게 다른 느낌을 준다.


아빠에 대한 기억도 점점 흐려진다.
말투로 성격을 알 수도 있을 터인데
목소리조차 기억이 나지 않는다.
디지털카메라나 휴대전화가 없던 시절이라
아빠의 기록도 많지 않다.

남들처럼 아빠랑 문자를 주고받아본 적도 없고,

낡은 인화지가 아닌 '파일'로 된 사진은 아예 있지도 않다.


그나마 가지고 있던 옛날식 큰 비디오테이프는

몇 번의 이사로 분실되거나 재생기계가 없어 보기 어렵다.

아빠와 어릴 때 찍은 사진 몇 장을 스캔해서

휴대전화에 넣고 다니긴 하지만, 사진 몇 장이

나와 그를 연결해줄 거라고 믿기엔 뭔가 부족하다.


가까운 친척이나 아빠의 지인들을 찾아가

그들이 기억하는 아빠의 모습을

일일이 물어보고 싶은 마음이 들 때도 있다.

하지만 이젠 그런 얘길 해줄 수 있는 분들도 많지 않다.

또 내 뜻과 달리 괜스레 좋은 이야기만 해줄 것 같다.


세월이 흘렀으니까 아빠가 살아계셨더라도

지금은 성격이 분명히 변했을지 모른다.

그러니 이런 일들이 다 부질없게 느껴지기도 한다.

하지만 실행에 옮기지 못했던 가장 큰 이유는

아무래도 용기가 없어서였을 것이다.

그리운 사람을 추적하는 데는 큰 용기가 필요하다.


울지 않을 용기.

화내지 않을 용기.

그대로 받아들일 용기.

그리고 후회하지 않을 용기.


'그래. 사실 엄마를 닮지 않았다고 해서,

아빠를 알 수 없다고 해서 상심할 이유도 없잖아?'

요즘엔 이렇게 스스로 위안하고는 한다.

다만 더는 늙지 않는 아빠가 있는 낡은 사진을 볼 때마다

아빠를 닮았다던 내 눈은 자늑자늑 흔들린다.

---

자늑-자늑[――짜ー]

「부사」

동작이 조용하며 가볍고 진득하게 부드럽고 가벼운 모양.

자늑자늑-하다[――짜느카ー]

「형용사」

동작이 조용하며 가볍고 진득하게 부드럽고 가볍다.

한 시 십일 분(1:11)이라든가,
두 시 이십이 분(2:22)이라든가,
아니면
열두 시 삼십사 분(12:34)에
이상하게 꼭
시계를 보게 된다.

# 아 빠 는  산 타

대부분 아이들은 어느 순간
산타가 존재하지 않는다는 걸 알게 된다.
하지만 그 아이는 초등학생이 되어서도 알지 못했다.

어느 크리스마스 전날 밤, 아이는
들렁들렁거리는 마음을 진정시키며 자는 척을 해보았다.
이번에는 반드시 산타의 정체를 알아낼 참이었다.

한참을 기다리자 방문이 살짝 열리고,
누군가 어두컴컴한 방안으로 들어왔다.
아이는 눈은 가늘게 뜨고 숨을 참았다.

그때, 선물을 두고 나가는 얼굴을
열린 문으로 새어 들어온 거실의 빛이 비추었다.

순간 심장이 덜컹했다.

아빠였다.

꽤 놀란 아이는 혼란스러웠다.
하지만 조금 후 입가에 희미한 웃음이 번졌다.

'사실 우리 아빠가 산타구나!
매일 아침 출근을 한다고 나가시던
아빠의 진짜 직업이 산타였던 거야!'

아이는 진짜 산타는 없다는 걸 깨닫는 대신,
아빠가 산타라고 믿게 되었다.

그렇게 아빠는 아이에게 슈퍼히어로가 되어버렸다.

아침엔 회사원인 척 출근을 하지만
밤에는 산타로 변신해 하늘은 나는 슈퍼히어로로.


몇 해가 지나 조금 더 컸을 무렵,
아이는 그제야, 아빠가 산타가 아니란 걸,
산타가 아빠가 아니란 걸 알게 되었다.


아빠는 얼마 전 진짜 하늘나라로 가셨지만,
크리스마스 날 산타는 여전히 임무를 수행했던 것이다.


모두 알고 있겠지만,
사실 전국 집집마다 산타가 살고 있다.
그 산타는 아빠이거나 엄마이며
형, 오빠, 누나 또는 언니이다.


그들의 마음속엔
'미안해.
고마워.
그리고 사랑해.'

라는 선물이 있다.


이 선물은 한 해 동안 마음속에 담아두기만 해서,

겨울이 되면 아주 많이 커져 버린다.

마음에만 담고 있기에는 너무 아플 만큼 커져 버린다.

그래서 그날 밤 살그머니 마음의 선물을 꺼내어 놓는다.


산타가 가족이라는 걸 알게 된다고 해서

실망할 필요가 없다.

누구도 산타가 가족이 아니라고 말한 적은 없다.


원래 산타는 가족이다.

---

**들렁들렁-하다**

「동사」

설레거나 흥분하여 가슴이 몹시 두근거리다.

미안해
고마워
그리고 사랑해.

# 그 의   신 호

아빠 산소에 다녀왔다.


20년이 된 묘를 곧 정리하고
화장을 하기로 해서 이번이 마지막 방문이다.


갓 태어난 딸을 데려갔는데,
아빠가 묻힌 곳은 경사진 높은 곳이라
유모차도 없이 아기 바구니만 들고 올라가야 했다.


"안녕하세요? 저 태어났어요."
인사를 시키고 함께 사진도 찍었다.
쥐 인형을 주면서 '할아버쥐야~'

토끼 인형을 주면서 '할아버끼야~' 해서일까.
할아버지라는 말에 딸이 환하게 웃는다.


아빠에게 작별 인사를 했다.
난 분명 스무 해 전에 작별 인사를 했는데,
이번에도 작별 인사였다.


그때와 다르지 않았다.
무척이나 두렵고 그리웠다.
교복을 입었던 그때의 나로 돌아가
세월이 준 그만큼의 한을 조금 더 실어 인사를 했다.


아빠 안녕, 안녕,
안녕.


난 그간 살면서 아빠가 주는 신호가 있다고 믿어왔다.
그래서 영화 〈인터스텔라〉를 보며 그리도 울었나 보다.


또 다른 안녕을 한 지금도 그렇게 믿는다.

그래서 내 삶을 사느라

그의 신호를 놓치고 있는 것이 아니기를,

비록 나는 그 신호들을 놓치고 있더라도

그가 내 그리움을 알아주기를

지금 내 인사를 듣고 있기를 바래본다.

엄마가 말했다.

'앞으로 열 번도 못 보겠네….'


정말 그럴지 모른다.

서로 번갈아가며 비행기 타고 오고 가며

일 년에 한 번씩 만난다고 해도,


열 번을 만나고 나면 우리는 지금과 같지 않은

엄마들일 것이다. 엄마는 일흔이 되어있을 거고,

나는 마흔을 훌쩍 넘겨 쉰을 바라보고 있을 거고.


엄마는 그때쯤 지치고 늙어 힘겨워질 것이고

나는 아이가 커가며 기쁨이 느는 만큼

짜증이 늘 수도 있다.

아이는 할머니의 마음을 엄마의 마음을 헤아리기엔
아직 어려 엄마의 일기장 속 예전의 내가 그랬듯이
인형이나 사달라고 매일 조르기만 할지도 모르겠다.

오랜 외국 생활로 내 감성이 예전과 달라질 수도 있다.
나, 내 친구, 내 직업, 내 나라, 내 문화,
내가 온전한 나로서 가졌던 것들을 그리다가
혹시 자아를 점점 잃어가는 건 아닐까.
계속해서 사로잠을 자다가 이성을 잃을지도 모른다.

그러는 동안
우리는 모두 아빠가 보내고 있는 신호를 놓치다 못해
아예 그런 사람이 있었다는 걸 잊을 수도 있겠다.

같이 산 시간보다 훨씬 더 많은 시간이 흘러가면
그렇게 쉽게 잊을 수도 있겠다.

내 얼굴을 타고
하염없이 흐르는 것은 눈물이 아니다.

아빠의 신호다.


잊히기 싫은 한 사람의 처절한 외침이다.

그 소리가 들리는 듯하다.

---

**사로잠**

「명사」

염려가 되어 마음을 놓지 못하고 조바심하며 자는 잠.

# 슈 퍼 휴 먼

'우리는 모두 다르다. 표준적인 인간, 지극히 평범한 인
간이란 건 없다. 중요한 건 우리가 창조하는 능력을 갖추
고 있다는 것이다.'

         - 스티븐 호킹, 2012년 런던 패럴림픽에서


영국에 처음 왔을 때 장애인들을 어디서나 쉽게 볼 수 있었
다. 그래서 영국이 한국보다 장애인이 더 많은 줄 알았다. 그
러다 문득, 시선 때문이든 시설 때문이든, 한국의 장애인들은
쉽게 밖에 나가지 못하기 때문에 눈에 안 띄는 게 아닐까란
생각이 들었다.

영국의 장애인들은 버스를 타기에도, 길을 다니기에도, 식당

에서 밥을 먹을 때도, 시선도 시설도 불편하다고 말하지 않는
다. 2012년 런던 올림픽이 끝나고 뒤이어 패럴림픽(Paralympics,
국제 신체장애인 체육 대회)이 시작되었다. 패럴림픽 중계를 맡은
영국의 방송사 채널4에서는 〈Meet the Superhumans〉라는 광
고를 했다.


(텅 빈 수영장)
팔다리가 보통 사람보다 훨씬 짧은 사람이
물안경을 들고 들어온다.


(텅 빈 농구 코트)
똑같은 유니폼을 입고 휠체어에 탄 남자들이
농구공을 튀기며 하나둘씩 들어온다.


(텅 빈 육상 트랙)
한쪽 다리가 없는 사람이
의족을 끼고 뛸 준비를 한다.


모두 패럴림픽에 출전하는 국가대표 선수들이다. 이어서

다른 분위기의 화면이 연결된다.


(전쟁터)

군복을 입은 사람들이 걷고 있다.

그런데 갑자기 폭탄이 터져 군인들이 크게 다친다.


(병원 산부인과)

의사는 배 속의 아기에게 장애를 있다는 말을 전하고,

만삭의 임신부는 슬픈 낯빛이다.


(고속도로)

쌩쌩 달리던 차가 사고를 당해

여러 바퀴를 구르며 산산조각이 난다.


왜 그들이 슈퍼휴먼이 되었는지를 보여주는 장면이다. 그
들은 지금 살아있는 것만으로도 이미 주목을 받을만한 사람
들이랄까.


Forget Everything You Thought

You Knew About Strength

당신이 힘에 대해 알고 있다고 생각했던

모든 것을 잊어라.

Forget Everything You Thought

You Knew About Humans

당신이 사람에 대해 알고 있다고 생각했던

모든 것을 잊어라.

Meet The Superhumans

슈퍼휴먼들을 만나보아라.


그들은 장애인으로 판정받았다. 하지만 재활을 하는 데서 그치지 않았다. 더 나아가 슈퍼휴먼이 되었다. 영상 속 국가대표 선수들은 마치 진화된 사이보그처럼 보였다. 90초밖에 되지 않는 이 영상은 패럴림픽 선수들이 왜 슈퍼휴먼인가를 감동적으로 보여주었다. 앞서 열린 런던올림픽 선수들과 '국가대표'라는 똑같은 무게의 사명을 짊어지고 있지만, 그들은 더 큰 어려움을 이겨낸 더 특별한 슈퍼휴먼이다.

희한하게도 이후에 길에서 장애인을 만나게 되면, 그들은 약한 존재, 내가 반드시 양보해야 할 약한 사람이라는 생각은 들지 않았다. 내게 있었을지 모를 그래서 오히려 그들을 불편하게 했을지 모를 이유 없는 동정이나 연민의 시선도 사라졌다.

그들은 슈퍼휴먼이니까.
내가 못하는 것들을 척척 해내는 슈퍼휴먼.

우리나라에도 슈퍼휴먼이 있다. 많은 이들의 관심을 받진 못했지만, 국가대표라는 이름으로 어려움 속에서도 애면글면 운동하는 선수들이 있다.

런던 패럴림픽 당시 나는 한국의 편에서 중계하는 한국 아나운서의 목소리를 듣고 싶었다. 하지만 어느 방송사에서도 패럴림픽에 충분한 편성 시간을 내어주지는 못한 것 같았다. 영국 방송의 편성표를 뒤져 한국 경기를 봐야 했으니까. 2016년 브라질 올림픽 때는 한국을 대표해서 뛰는 슈퍼휴먼들을 화면에서 많이 만나볼 수 있기를 빈다.

---

**애면-글면**
「부사」
몹시 힘에 겨운 일을 이루려고 갖은 애를 쓰는 모양.

대한민국엔,
슈퍼 휴먼들이 숨어있다.

# 추 락 하 는  승 강 기

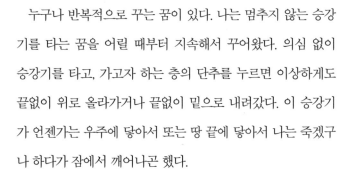

누구나 반복적으로 꾸는 꿈이 있다. 나는 멈추지 않는 승강
기를 타는 꿈을 어릴 때부터 지속해서 꾸어왔다. 의심 없이
승강기를 타고, 가고자 하는 층의 단추를 누르면 이상하게도
끝없이 위로 올라가거나 끝없이 밑으로 내려갔다. 이 승강기
가 언젠가는 우주에 닿아서 또는 땅 끝에 닿아서 나는 죽겠구
나 하다가 잠에서 깨어나곤 했다.

그런데 어느 날 흥미로운 기사를 하나 보게 되었다. 승강기
는 영화에서처럼 쉽게 추락하지 않는다는 내용이었다. 우선,
승강기를 매달고 있는 줄이 끊어질 확률이 매우 희박하며, 또
줄이 끊어지더라도 승강기 아래에 비상정지장치가 설치되어
있어 추락을 멈추게 할 것이고, 행여나 정말 재수가 없어 이

것마저 작동하지 않더라도 여러 가지 다른 안전장치 가운데 하나는 작동을 하게 되어있다는 내용이었다.

그 내용을 읽은 뒤로 이상하게도 더는 같은 악몽을 꾸지 않았다. 악몽을 꾸지 않게 되어 좋으면서도, 내 무의식이 의식보다 이리도 보잘것없었나 싶어 우스웠다. '아는 것이 힘'이라더니 이토록 쉽게 극복할 수 있는 걸, 셀 수 없는 나날을 떨어지는 승강기 속에서 괴로워했다니! 현실 속의 여러 문제도 이 꿈과 같은 게 아닐까. 결국엔 마음먹은 대로, 아는 대로, 생각한 대로 되는 거다.

예전에 해외토픽에서 이런 내용을 본 적이 있다. 영하인 상태로 물건을 보관하고 운반하는 컨테이너 속에 어떤 사람이 실수로 갇히게 되었다. 컨테이너를 실은 배는 이미 항구를 떠났고 그는 자신이 얼어 죽게 될 거라는 걸 알고 있었다. 그렇게 될 거라면 기록이나 해야겠다 싶어 수첩에 매시간 일어나는 신체의 변화를 적었고 결국 얼마 후 얼어 죽었다. 그런데 나중에 사람들은 컨테이너가 제대로 작동하지 않아 온도가 영상인 상태로 유지되고 있었다는 사실을 알게 된다. 결국, 그는 자기가 곧 얼어 죽을 거라는 의식에 지배되어 진짜로 얼어 죽은 것이다. 더 놀라운 건 수첩에 적힌 내용도 실제로 동사한 사람들의 신체 변화와 같았다고 한다.

사람의 의식은 이토록 강하다.
생각에 따라 떨어지던 승강기도 멈추게 할 수 있고,
따뜻한 곳에서도 얼어 죽을 수 있다.

그러니 생각과 마음만 잘 도스르면
우리는 무엇이든 할 수 있지 않을까?

---

**도스르다**
「동사」
무슨 일을 하려고 별러서 마음을 다잡아 가지다.

뜻밖에 쉽게 극복할 수 있어.
생각하기 나름이거든.

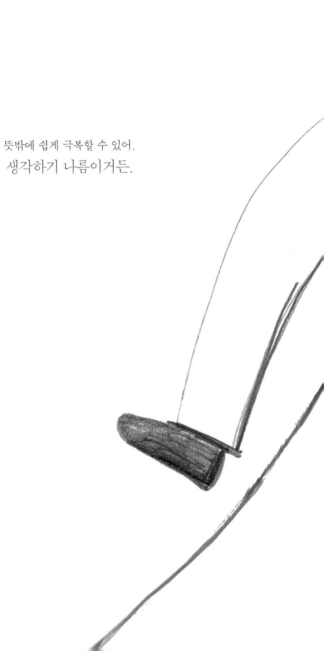

# 콜 라 병

한 콜라회사에서 홍보 전략으로 병이나 캔에 이름을 새겨 팔았다. 제임스라는 이름의 남자가 'James' 라고 쓰여 있는 콜라 캔을 사 먹거나, 그 친구들이 그에게 사주거나 하는 식이다. 전 세계에서 약 15개 언어로 생산되자, 이 제품들을 모으는 사람들도 생겼다. 우리나라에서는 '사랑해', '친구야'와 같은 짧은 문구가 새겨진 제품도 나왔다. 이러한 광고 홍보가 시작되었을 때 나는 영국에 있었다.

어느 한가로운 토요일 오후 우리 부부는 피자를 시켰다. 나는 임신 8개월이었고 그날따라 피자가 먹고 싶었다. 약 30분 뒤에 초인종 소리가 났고 뒤뚱거리며 피자를 받아들고 식탁에 앉았다. 그런데 함께 배달 온 콜라병에 놀라운 낱말이 새겨 있었다.

Dad.

나는 한글로 적힌 내 이름을 본 것처럼 깜짝 놀랐다. 그리고 남편에게 물었다. 주문할 때 특정한 낱말이 적힌 콜라를 보내달라고 이야기했는지. 아니라고 했다.

다른 이들에게는 전혀 놀라운 낱말이 아닐지도 모른다. 하지만 우리 부부는 둘 다 오래전에 아버지를 잃었기에 그리움과 슬픔의 낱말일 수밖에 없었다. 아버지에 대한 광고나 영화, 음악을 접하면 서로 어깨를 두드리며 위로하던 우리였다. 생각날 때마다 서로의 아버지에 대한 추억을 공유했다. 우리 아버진 이랬다, 우리 아빠는 저랬다 하며 만나보지 못한 서로의 아버지를 그려봤다.

한번은 아버지가 햄버거를 아주 좋아하셨다며 햄버거를 사 들고 산소에 찾아가는 그를 지켜봤다. 소주와 안주가 아닌 햄버거를 놓고 서 있는 그 모습이 마치 어린아이 같았다. 돌아가신 시아버지가 정말 햄버거를 좋아하셨는지 그냥 그의 기억 속에서 햄버거를 같이 맛있게 먹어주던 분이셨는지는 알 수가 없었다.

피자집에서 우리에게 아버지가 안 계신다거나 곧 어버이가 된다는 걸 알고 그 병을 골라 보냈을 리는 없다. 그 무작위성 덕분에 더 신기했으며 기적같이 느껴졌다. 아버지가 살아계셨다면 당연히 받았을 축하를 임신 8개월이 되어서야 받는 거라고 생각이 들 정도였다.

돌아가신 아버지들을 떠올리기만 하는 게 아니라 남편이 곧 아버지가 된다는 흥분되는 일도 함께 떠올리게 해주었다. 우리가 아이를 갖고 나서 인식하지 못하고 있던 사이에 우리 집도 마침내 Dad가 있는 집이었던 셈이다. 우리는 콜라병에 새겨진 'Dad'를 보고 또 보며 벅찬 마음에 서로 껴안고 웃었다.

하나에서 둘이 되었지만, 각자의 아버지와 함께 넷은 될 수 없었던 우리. 피자를 주문해 먹은 그 날. 콜라병에 들어있던 건 콜라가 아니었다.

그날 우리에게 배달된 것은, 1리터로는 모자란
안다미로 담겨있는 사랑과 희망이었다.

한 기업의 제품 홍보 수단일 뿐이었는데 우리 집에 큰 기쁨
이 되었던 그 병은 어떻게 되었을까? 아직도 부엌에 잘 간직
하고 있다. 빈 병이지만 빈 병이 아닌, 잘 보이지 않는 아버지
의 사랑을 담고 그렇게 우리 곁에 있다.

---

**안다미-로[안:──]**
「부사」담은 것이 그릇에 넘치도록 많이.

사소하지 않은
소소한
일상의 기적.

# 추 억 의   더 께

다섯 살 때부터 열여덟 살 때까지 살던 아파트가 있다. 전해오는 얘기로는 곧 재건축하게 되어 허문다고 한다. 여전히 그 단지에 살고 있던 옛 친구들은 곧 이사해야 한다던데, 15동이나 되는 아파트 단지이니 아마도 대대적인 이주가 시작될 것 같다. 지금은 지은 지 꽤 오래되었고 관리가 잘 안되었는지 겉에서 보면 흉물스럽기까지 하다. 그 단지를 제외한 주변은 이미 영어 이름을 붙인 새 아파트들이 들어섰는데, 이해관계가 얽혀 그 단지만 주민들의 동의를 얻지 못하다가 이번에 어찌어찌 결정이 난 모양이다. 이사를 떠난 후에 다시 가본 적은 없었지만, 소식을 듣고 완전히 없어지기 전에 한번 들러보고 싶었다.

나는 8동에 살았다. 8동은 복도식 아파트라 이웃들과 자주 마주쳤다. 어른들도 서로서로 다 알았고 아이들은 같은 초등학교에 다녔다. 점심을 한 옆집에서 먹으면 저녁은 다른 옆집에서 먹을 정도로 모두가 친했다. 여름휴가도 다 함께 갔다. 살림하는 엄마들이 아이들을 키우느라 지금처럼 혼자 끙끙댈 필요가 없었다. 옆집 아줌마, 옆집 아저씨 모두가 동네 아이들의 엄마, 아빠였다.

오랜만에 가본 아파트의 입구에서 먼저 반겨준 건 5동 아이들과 놀던 놀이터였다. 놀이기구들이 예전보다 훨씬 작아 보였던 건 내가 훌쩍 커버린 탓이겠지. 매달리기 실력을 뽐내려다가 키가 큰 놀이기구에서 우당탕 떨어졌던 기억이 마치 조금 전 일처럼 생생하게 떠올랐다. 하지만 기구들은 이제 만지기가 겁날 정도로 녹이 슬었고, 놀이터라면 마땅히 있어야 할 모래도 찾아볼 수가 없었다. 아이들 대신 내 발목만큼 자란 잡초들이 놀이터를 가득 메우고 있어 안 쓰는 밭이라고 해도 믿을 것 같았다. 이 아파트의 어린이들은 어디에서 노는 걸까?

단지 안에 있는 동네 상가는 그대로다. 그때 그 꽃집, 약국

등이 여전히 그 자리에 있었다. 하지만 다음에 오면 이 모두가 사라져 있을 거라고 하니 기분이 이상했다. 나는 아직도 가끔 동네 상가에 가는 꿈을 꾸는데 말이다.

아빠는 우리가 이 아파트에 살 때 돌아가셨다. 오랜 병원 생활로 모두가 지쳐있을 무렵, 아빠는 그렇게도 집에 가고 싶다고 말씀하셨다. 아빠가 병원에서 돌아가시고 운구차로 이동할 때 그 말씀이 떠올라 아파트 단지나 한 바퀴 돌고 가자고 했었는데, 관리사무소에서 들어가지 못하게 했다. 동네 분위기나 뭐 그런 것 때문이었겠지. 슬프고 서운했던 마음이 다시 생생하게 살아났다. 아빠의 출퇴근길이자 나와 동생의 등하굣길이었던 아파트 앞길. 입원생활 내내 가고 싶다던 그 집의 앞마당에도 한번 못 가보고 아빠는 그렇게 장지로 떠났다.

등나무 그늘 벤치도 그대로였다. 어릴 때 이 등나무를 원숭이처럼 하도 타고 다녀서 체조선수를 시킬 걸 그랬다는 엄마 말씀이 떠올랐다. 수많은 짝사랑들에 몰래 전화를 하던 단지 내 파란 공중전화부스도 그대로였다. 통신회사 이름만 무심하게 바뀌어있을 뿐.

좋은 기억,

잊고 싶은 기억,

잊어버렸던 또 잃어버렸던 기억,


건강한 아빠와 젊었던 엄마,

그리고 모든 걸 다 알 것만 같았고

또 아무것도 몰랐던 그 날의 내가,


더께더께 엉겨

모두 여기에 있었다.


철거되기 전에 와보아서 다행이었다.

안녕.

---

**더께**
「명사」
「1」몹시 찌든 물건에 앉은 거친 때.
「2」겹으로 쌓이거나 붙은 것. 또는 겹이 되게 덧붙은 것.

**더께-더께**
「부사」
여러 겹으로 쌓여 붙은 모양.

기억이 사라지기 전에.
그 날의 우리가 바래기 전에.

# 소 녀 의   꿈

집에 있는 고무나무 한 그루가
계속해서 가을의 소리를 낸다.
툭. 툭.
마룻바닥 위로 노란 이파리를 내어놓는다.


저녁 밖은 오랜만의 비로 분주한 소리를 낸다.
후두둑. 후두둑.
거뭇한 유리창에 함초롬히 맺혀 흘러내린다.


내 방 시계는 무섭게 돈다.
착. 착. 착.
세 개의 바늘이 서로를 쫓는다.

고무나무처럼 내어놓지도 못하고

비처럼 투명하지도 못하고

시계처럼 쫓지도 못하는 소녀가 있는데,


오늘부터라도 나무처럼 시든 건 버리고

비처럼 깨끗하게 시계처럼 꾸준히 바라본다면


소녀도 이룰 수 있을까?


앗 방금 번개가 쳤다.

번쩍. 쿠르릉.


누굴 안고 싶어진다.

꼬오옥.

토닥토닥.

---

**함초롬**

「부사」

젖거나 서려 있는 모습이 가지런하고 차분한 모양.

남의 이야기인 줄 알았던 것들이 내 이야기가 되었을 때.

남다른 경험은 내 수단과 도구가 되어줄 거라고.

남겨진 나는 괜찮다고, 아직 괜찮다고.

남극보다 더 먼 명왕성이지만

나는 이제야 그 기분을 알 것 같다고.


너도 괜찮기를.

문득 문득 명왕성 기분이 들 때

내가 널 위한 무기가 되어 있기를.

'명왕성 기분'은...

책의 제목을 보고 피식 웃었다. 오빠 '명왕성 기분'의 후기를 부탁해... 유쾌하고 안드로메다적인 성격의 소유자인 박연희 작가에게 이런 내용의 이메일을 받았는데, 이상하게 나는 '명성왕후'라고 제목을 착각하게 되었다.

이런 우주적인 느낌인 제목에다가 한 나라의 왕비라는 느낌까지 적절히 섞여 더욱 호기심이 발동되었다.

책을 읽은 느낌은, 일단 재밌다. 너무 쉽게 읽혀서 빨리 끝나버리면 어쩌지 하는 아쉬움마저 느껴졌다. 소녀의 일기장에는 어렸을 적 설렘과 두려움, 성장과 가족이라는 따뜻함이 있었다. 다행히 외계 소녀가 아닌, 따뜻한 인간미가 흐르고 있어 다행스럽게 느껴졌다.

어느 날 눈을 감으면 우주의 한 점이 되어버려서 한없이 고독하게 느껴진다는 야리야리한 소녀. 그 순간을 '명왕성 기분'이라고 이름까지 붙인 재치 만점 소녀의 성장 일기는 읽는 동안 여러 가지 표정을 짓게 한다. 불안과 슬픔 그리고 일상의 순간을 극복해가는 과정이 아름다운 우리말과 어우러져 나의 눈을 자늑자늑 흔들리게 한다.

추억하는 일에는 용기가 필요하다. 자신을 멋있게 포장하지 않고 있는 그대로 담담하게 써내려가는 잉크에는 깊은 향기가 있다. 자 그럼 지금부터 누구나 한 번씩은 상상해 봤을 그 기분, 어린 시절 잊고 있었던 두려움과 설렘의 롤러코스터 같은 '명왕성 기분'을 느껴보자!

- 한경록(크라잉넛)

이건 아니라고 생각했다. 아무리 많은 콘셉트의 책이 있다고 해도 '순우리말 에세이'는 구리다고 생각했다. 차라리 '아기 기저귀의 정석'이나 '5월은 개인 사업자 소득신고의 달'이 오히려 떠 끌리는 주제였다.

하지만 그녀의 원고를 받고 매의 눈으로 읽어가던 나는 어느새 깔깔거리며 웃고 있었다. 물론 이건 유머 책은 아니다. 오히려 한 여자의 일과 생활이 묻어나는 진지한 글이다. 다만 그녀는 그녀의 이야기를 그녀의 방식으로 이야기하고 있을 뿐이다.

이 책은 유쾌하다. 명확하다.
감정에 치우쳐 있지 않다. 똑똑하다.
글을 읽다 보면 글을 쓴 그녀가 궁금해진다.
도대체 종잡을 수 없다.

그래서 마지막으로, 이 책은 아닌 게 아니라 맞다!

- 생선 김동영 작가
〈너도 떠나보면 나를 알게 될 거야〉〈나만 위로 할 것〉 그리고 〈잘 지내라는 말도 없이〉

다른 누구의 이야기가 아닌 우리의 이야기에
이토록 고운 우리말이 많이 담겨 있었다는 걸
다시금 느끼게 해준 고마운 글들!

나의 '벗' 박연희 작가의 '명왕성 기분'으로
가슴 따뜻해지는 시간이었습니다.

- 이진 (MBC 아나운서)

명왕성이란 이름은 쓸쓸함을 준다.

이제는 더 이상 행성이 아닌 별.
오래된 여인을 잃어버린 듯한 상실감과 허탈함을 선사한다.

하지만 지나간 인연을 되돌리는 것은 어리석은 것.
되돌린다 하더라도 결국 같은 문제와 갈등으로
다시금 원래의 자리로 돌아가고 말뿐이다.

그래서 그냥 명왕성은 이젠 명왕성일 뿐이다.

오래된 고향을 떠나.
새로운 곳에 둥지를 튼 그녀의 '명왕성 기분'은 어떤 심상일까.
평소에 보여주는 독특함으로 태양계를 벗어났을지,
아니면 새로운 가족과 함께 또 다른 안정을 찾았을지 궁금하다.

- 오상진 (방송인, 배우)

## '명왕성 기분'속 예쁜 우리말 43개

곰―살궂다[곰:―굳따]
「형용사」
「1」태도나 성질이 부드럽고 친절하다.
「2」꼼꼼하고 자세하다.

헤갈―하다
「동사」
허둥지둥 헤매다.
「형용사」
흐트러져 너저분하다.

마음―자리[――짜―]
「명사」마음의 본바탕 = 심지(心地)

고수련
「명사」
앓는 사람의 시중을 들어 줌.

데데―하다
「형용사」
변변하지 못하여 보잘것없다.

선득
「부사」
「1」갑자기 서늘한 느낌이 드는 모양.
「2」갑자기 놀라서 마음에 서늘한 느낌이 드는 모양.

간정
「명사」
소란스럽던 일이나 앓던 병 따위가 가라앉아 진정됨.

곰삭다
「동사」
두 사람의 사이가 스스럼없이 가까워지다.

맛-바르다[맏빠-][-발라,-바르니]
「형용사」
맛있게 먹던 음식이 이내 없어져 양에 차지 않는 감이 있다.

발맘-발맘
「부사」
「1」한 발씩 또는 한 걸음씩 길이나 거리를 가늠하며 걷는 모양.
「2」자국을 살펴 가며 천천히 따라가는 모양.

발맘발맘-하다
「동사」
「1」한 발씩 또는 한 걸음씩 길이나 거리를 가늠하며 걷다.
「2」자국을 살펴 가며 천천히 따라가다.

시나브로
「부사」
모르는 사이에 조금씩 조금씩.

온-새미[온:--]
「명사」(흔히 '온새미로' 꼴로 쓰여) 가르거나 쪼개지 아니한 생긴 그대로의 상태.

느럭느럭
「부사」
말이나 행동이 퍽 느린 모양.

거니-채다
「동사」
어떤 일의 상황이나 분위기를 짐작하여 눈치를 채다.

드레-드레
「부사」
「1」물건이 많이 매달려 있거나 늘어져 있는 모양.
「2」욕심이나 심술 따위가 많은 모양.

드레드레-하다
「형용사」
「1」물건이 많이 매달려 있거나 늘어져 있다.
「2」욕심이나 심술 따위가 많다.

그느르다
「동사」
돌보고 보살펴 주다.

시들-부들
「부사」
「1」약간 시들어 생기가 없고 부드러운 모양.
「2」새로운 맛이나 생기가 없어 시들한 모양.

시들부들-하다
「형용사」
「1」약간 시들어 생기가 없고 부드럽다.
「2」새로운 맛이나 생기가 없어 시들하다.

가리사니
「명사」
「1」사물을 판단할 만한 지각(知覺).
「2」사물을 분간하여 판단할 수 있는 실마리.
「준」가리산

곡두[-뚜]
「명사」
=환영(幻影)

끌밋-하다 [-미타-]
「형용사」
「1」모양이나 차림새 따위가 매우 깨끗하고 훤칠하다.
「2」손끝이 여물다.

깔밋-하다[-미타-]
「형용사」
「1」모양이나 차림새 따위가 아담하고 깔끔하다.

되작-거리다[되-꺼--/뒈-꺼--]
「동사」
「1」물건들을 요리조리 들추며 자꾸 뒤지다.
「2」이리저리 이모저모 살펴보다.
「3」생각을 이리저리 굴리다.

일-벗[일·뻗]
「명사」
한곳에서 함께 일하는 벗.

벗-하다[버:타-]
「동사」
「1」벗으로 지내다. 또는 벗으로 삼다.
「2」서로 경어를 쓰지 않고 허물없이 사귀다.

새살거리다
「동사」
샐샐 웃으면서 재미있게 자꾸 지껄이다. ≒새살대다.

거섶[거:섭]
「명사」
비빔밥에 섞는 나물.

그루-잠
「명사」
깨었다가 다시 든 잠.

더금더금
「부사」
어떤 것에 조금씩 자꾸 더하는 모양.

곰비임비
「부사」
물건이 거듭 쌓이거나 일이 계속 일어남을 나타내는 말.

나래
「명사」
배를 젓는 도구의 하나. 노와 비슷하나 길이가 짧고, 두 개로 배의 양쪽에서 젓게 되어 있다.

어루-꾀다[-꾀-/-꿰-]
「동사」
「1」얼렁거려서 남을 꾀다.
「2」남을 속이다.

어우렁-더우렁
「부사」
여러 사람들과 어울려 들떠서 지내는 모양.

고빗사위
「명사」매우 중요한 단계나 대목 가운데서도 가장 아슬아슬한 순간.

옹이
「명사」
「1」나무의 몸에 박힌 가지의 밑부분.
「2」'굳은살'을 비유적으로 이르는 말.
「3」가슴에 맺힌 감정 따위를 비유적으로 이르는 말.

다다
「부사」
「1」아무쪼록 힘 미치는 데까지. 또는 될 수 있는 대로.
「2」다른 일은 그만두고.

어리대다
「동사」
「1」남의 눈앞에서 귀찮게 왔다 갔다 하다.
「2」말이나 행동을 제대로 하지 못하여 서성거리거나 우물거리다.

구접-스럽다
「형용사」
「1」몹시 지저분하고 더러운 데가 있다.
「2」하는 짓이 너절하고 더러운 데가 있다.

자늑-자늑[--짜-]
「부사」
동작이 조용하며 가볍고 진득하게 부드럽고 가벼운 모양.

자늑자늑-하다[――짜느카―]
「형용사」
동작이 조용하며 가볍고 진득하게 부드럽고 가볍다.

들렁들렁-하다
「동사」
설레거나 흥분하여 가슴이 몹시 두근거리다.

사로잠
「명사」
염려가 되어 마음을 놓지 못하고 조바심하며 자는 잠.

애면-글면
「부사」
몹시 힘에 겨운 일을 이루려고 갖은 애를 쓰는 모양.

도스르다
「동사」
무슨 일을 하려고 별러서 마음을 다잡아 가지다.

안다미-로[안:―――]
「부사」담은 것이 그릇에 넘치도록 많이.

더께
「명사」
「1」몹시 찌든 물건에 앉은 거친 때.
「2」겹으로 쌓이거나 붙은 것. 또는 겹이 되게 덧붙은 것.

더께-더께
「부사」
여러 겹으로 쌓여 붙은 모양.

함초롬
「부사」
젖거나 서려 있는 모습이 가지런하고 차분한 모양.

# 명왕성 기분

초판 1쇄  2016년 1월 22일

**지은이** 박연희

**펴낸이** 곽혜리
**편집** 이승우
**디자인** 김성엽

**인쇄** 미광원색사

**펴낸곳** 다람
**출판등록** 2012년 6월 28일 제 2012-34호
**주소** 서울시 광진구 강변역로4길 34
**전화** 02-447-0879
**팩스** 02-6280-3748
**홈페이지** www.darambooks.com

ⓒ 박연희, 2016

ISBN 979-11-952123-1-6  03810

이 도서의 국립중앙도서관 출판예정도서목록(CIP)은 서지정보유통지원시스템 홈페이지(http://seoji.nl.go.kr)와 국가자료공동목록
시스템(http://www.nl.go.kr/kolisnet)에서 이용하실 수 있습니다.(CIP제어번호: CIP2015035143)